WOLFSSPIELE

DIE GRANITE LAKE WÖLFE
BUCH 3

VIVIAN AREND

Dies ist eine erfundene Geschichte. Namen, Charaktere, Orte und Ereignisse sind entweder das Produkt der Fantasie der Autorin oder werden fiktiv verwendet, und jede Ähnlichkeit mit lebenden oder toten Personen, Geschäftseinrichtungen, Ereignissen oder Örtlichkeiten ist rein zufällig.

WOLFSSPIELE
Copyright © 2023 Arend Publishing Inc.
ISBN DIGITALES BUCH: 978-1990674-55-6
ISBN TASCHENBUCH: 978-1-990674-56-3
Herausgegeben von Anne Scott
Cover-Design von Croco Designs
Übersetzung: Anna Drago

1

———

Juni, Liard Hot Springs, Nord-British Columbia

Maggie zögerte, als der Bohlenweg unter ihren Füßen verschwamm.

„Bist du okay?"

Sie nickte, holte aber noch ein paar Tabletten aus ihrem Rucksack und schluckte sie mit etwas Wasser hinunter. Ihre Schwindelanfälle waren häufiger geworden. War sie wirklich okay? Noch nicht, aber sie könnte der Heilung näher sein als zuvor.

„Du machst mir wirklich Angst. Wenn ich es nicht besser wüsste, würde ich vermuten, dass du was anderes als pflanzliche Heilmittel einnimmst." Pam versperrte ihr den Weg und musterte sie streng. Endlich zufrieden nahm ihre Freundin Maggie die Sporttasche von der Schulter. „Da du darauf bestehst, dich einweichen zu müssen, statt gleich schlafen zu gehen, bin ich dein Sherpa. Du konzentrierst

I

dich aufs Gehen. Ich will nicht nochmal überlegen müssen, wie ich deinen erbärmlichen Hintern tragen soll."

Maggie lachte schwach. „Hey, das ist nur einmal passiert."

„Ja, und einmal war genug. Du siehst vielleicht aus wie ein dürrer Zweig, aber du bist verdammt schwer." Pam zwinkerte und bot ihr dann den Ellbogen an. „Brauchst du eine zusätzliche Hand? Ich bin für dich da."

„Mir geht's gut. Wirklich. Ich würde gern nur ein paar Stunden im Wasser treiben. Liard Hot Springs ist ein Stückchen Himmel auf Erden."

Sie gingen in geselliger Stille die ausgetretenen Bretter des knapp eins fünfzig breiten Steges hinunter, der in den Busch im Norden von British Columbia führte, während um sie herum die Sommerhitze dampfte. Während der gesamten Reise von Vancouver hierher hatte sie wunderschönes Wetter begleitet. Die leuchtenden Grüntöne frischen Wuchses in den Sumpfgräsern auf beiden Seiten des Bohlenwegs bildeten einen erfrischenden Kontrast zu dem Beton, der Maggies Welt viel zu lange dominiert hatte. Hoch aufragende Fichten, das strahlende Blau des Junihimmels, klare, saubere Luft – all das ging ihr wie ein Elixier ins Blut. Ein hartnäckiger Knoten in ihrem Innersten löste sich, und zum ersten Mal seit fast zehn Jahren sträubte sie sich nicht dagegen.

Ihr Wolf regte sich.

Oh Gott, das fühlte sich wunderbar an. Maggie blieb mitten im Schritt stehen und schloss die Augen, um dem Gefühl freien Lauf zu lassen. Erlaubte ihm, sie einzuhüllen. Als ob eine eiskalte Barriere einen Spalt aufgebrochen wäre, liefen Schauer durch ihre Glieder. Elektrisch. Köstlich.

„Scheiße, hast du einen Anfall oder so?" Pam

umklammerte ihren Arm und schüttelte sie sanft. Maggie bemühte sich, nicht ihre Zähne zu entblößen. Denn würde das einen Menschen nicht einfach ausflippen lassen, wenn er erfuhr, dass einige Geheimnisse selbst beste Freunde nicht preisgaben?

Sie waren in der Nähe der Umkleiden, rustikalen Holzboxen aus sägerauen Balken. Plätschern drang an Maggies Ohren, während sie den Ruf in ihren Gliedern unterdrückte, dem sie nicht folgen wollte. „Ich bin nur müde. Lass mich einfach ins Wasser gehen."

„Vergiss das mal ganz schnell. Du ... ertrinken. Nur ... vorsichtig ... verdammt." Pams Stimme verschwand immer wieder aus von Maggies Wahrnehmung. Das war ausgesprochen verwirrend. Die Lippen ihrer Freundin bewegten sich weiter, aber die Worte kamen nicht zu ihr durch. Zurück blieb nur dieses laute Summen, wie ein Bremsenschwarm. Maggie versuchte, nicht über Pams seltsamen Gesichtsausdruck zu lachen, während sie hektisch mit den Armen wedelte und gestikulierte, als jemand um die Ecke der Terrasse um die heißen Quellen gerannt kam.

Jemand? Maggie spähte angestrengt durch den Nebel, der vor ihren Augen dahin zog. Das war keine Person, es war eine wandelnde Wand. Wow, der Mann war riesig. Er war tropfnass von Kopf bis Fuß und wunderschöne Tätowierungen wanden sich auf seinem Oberkörper, als er die Arme nach ihr ausstreckte.

Hmm ... er roch köstlich.

Stärke.

Sicherheit.

Glück und Zufriedenheit durchströmten ihre chaotischen Gedanken. Ihre Füße schienen den Boden nicht mehr zu berühren, und die Welt hüpfte sanft. Sie öffnete ein Auge, um sich umzusehen. Über ihr drehten sich die Bäume, und eine kleine Wolke jagte verschwommen am Himmel entlang. Wärme umgab sie bis zum Hals und sie stieß einen zufriedenen Seufzer aus. Ihr Kopf ruhte auf etwas Solidem, aber Weichem, und sie schmiegte sich fester daran. Ein gleichmäßiges Pochen hallte in ihrem Ohr wider, irgendwie beruhigend.

Und dieser Duft? Oh ja. Sie holte tief Luft, füllte ihre Nasenlöcher und genoss es, wie ihr das Wasser im Mund zusammenlief. Es war, als würde sie sich für ein gut gegrilltes Rib-Eye-Steak mit all ihren Lieblingsbeilagen an den Tisch setzen. Das süßeste Dessert, gefolgt von einem Dutzend Kurzen. Maggie atmete noch einmal träge ein, bevor sie sich näher an das pochende Geräusch kuschelte.

Erik bemerkte die Frauen, als sie über den Bohlenweg schlenderten, eine von ihnen schwankte.

Er lachte leise. Er würde ein paar leicht beschwipste Frauen im Auge behalten müssen, während sie im Wasser waren. Der mit ihm reisende Junge aus seinem Rudel spielte links im kalten Becken der natürlichen heißen Quellen. Platschen und Gejohle und die Geräusche des lustigen Treibens hallten durch die Luft.

Wölfe – sie waren solche Kinder.

Er watete durch das Wasser zur Terrasse. Die Frau rechts kam ihm bekannt vor. Zierlich, blond, jugendliche Gesichtszüge. Wäre sie hochschwanger gewesen, hätte er geschworen, dass es Missy war, der Omega-Wolf seines Rudels, obwohl sie nicht zu der Sorte gehörte, die sich öffentlich betrank.

Es schien, als würde er dem Grund, aus dem er nach

Süden gefahren war, früher als erwartet begegnen. Es musste Maggie sein, die auf ihn zukam.

Mit wachsender Sorge beobachtete er, wie die Vorwärtsbewegung der Frauen langsamer wurde. Es war nicht mehr nur ein beschwipster Spaziergang – irgendwas schien nicht zu stimmen. Erik packte die Kante des Geländers und überlegte, ob er Hilfe anbieten sollte.

„Oh Scheiße, Hilfe! Verdammt. Hilfe!" Die Brünette wedelte mit den Armen, die hektischen Bewegungen lenkten seine Aufmerksamkeit auf die andere Frau, die auf unsicheren Beinen schwankte. Er sprang aus dem Wasser, wodurch Tropfen von seinem Körper spritzten und die ausgetretenen Bretter unter seinen Füßen tränkten. Mit langen Schritten kam er gerade noch rechtzeitig zu ihnen, um die Blondine aufzufangen, bevor sie zusammenbrach.

Seine Welt drehte sich nach links.

Schockwellen – wie kleine elektrische Verbindungen – schossen durch die Berührungspunkte ihrer Körper. Blitze rauschten ihm durch die Glieder und den Rücken hinauf. Prickelten. Zappten. *Oh hallo*, es fühlte sich vollkommen und wunderbar richtig an.

„Danke – ihr ist schwindlig geworden, und ich wollte nicht, dass sie zusammenbricht und sich verletzt." Die dunkelhaarige Frau plapperte weiter, aber Eriks gesamte Aufmerksamkeit galt der schönen Frau, die er in seinen Armen hielt. Er drehte sich um und ging zurück zum Wasser, wobei er die Stufen nahm, während er sie immer noch fest in den Armen hielt.

„Was zum Teufel machen Sie? Sie ist ohnmächtig! Sie muss sich erholen und –" Die Freundin folgte ihm in das Becken und zog ihn am Ellbogen.

„– warm bleiben. Mach dir keine Sorgen, ich hab' sie."

Erik hatte nicht die Absicht, sie loszulassen. Jemals.

Aber das war wahrscheinlich nicht das, was diese andere Frau hören wollte. Er ließ sich auf einer der Bänke unter Wasser nieder, die im natürlichen Becken verstreut waren, und rückte seine Gefährtin in seinen Armen zurecht, sodass ihr Kopf an seiner Brust ruhte. Das Gefühl ihrer Wange auf seiner nackten Haut ließ seinen ganzen Körper reagieren.

Seine Gefährtin.

Unglaublich. Nach all den Jahren des Wartens und der Sehnsucht war sie aus heiterem Himmel in seine Arme gefallen. Im Moment reichte ihm das Wissen, dass sie tatsächlich existierte, um vor Freude jubeln zu wollen.

Nur, dass er sowas nicht tat.

Eine ziemlich durchdringende Stimme brach durch seine intensive Konzentration, und er erinnerte sich an die Freundin, die ihn jetzt misstrauisch anstarrte.

Er streckte seine freie Hand aus. „Erik Costanov, aus Alaska."

Die Brünette ignorierte seine Hand. „Pam. Ich denke, jetzt sollte besser ich mich wieder um meine Freundin kümmern."

„Ich hab' sie."

„Das sehe ich. Mir wäre lieber, wenn du sie nicht halten würdest. Bring sie einfach rüber zur Treppe. Ich werde –"

„Entspann dich. Ich werde ihr nicht wehtun." *Ich werde mich für den Rest meines Lebens um sie kümmern.* Der Gedanke schickte Wellen der Freude durch seinen Körper. Endlich. Seine Gefährtin.

„Wirklich, ich fühle mich nicht wohl –"

„Sie fühlt sich wohl."

Es war wahr. Der kleine Armvoll Blondine schmiegte sich fester an ihn, und Eriks Herz schwoll an. Hmm. Das würde wunderbar werden. Abgesehen von der Ohnmacht. Sie würden die Ursache finden müssen, und –

Ein Wasserspritzer traf ihn im Gesicht. „Hey Kumpel. Danke, dass du verhindert hast, dass Maggie auf die Bretter gegangen ist, aber ich übernehme jetzt. Verstanden?" Pam zerrte an seinem Arm und ließ kleine Wellen aufspritzen.

Erik holte tief Luft. Maggie. Er hatte recht gehabt. Er lachte angesichts der Ironie. Die ganze Zeit hatte er gewartet, und seine Gefährtin war die Schwester seiner Omega. Warum hatte er das nicht gewusst?

„Hören Sie zu, Mister, ich weiß nicht, was zum Teufel Sie so lustig finden –"

Maggie stöhnte leise. „Pam, kannst du kurz mit dem Gezeter aufhören? Du bringst mich um."

Oh, verdammt, sogar ihre Stimme brachte seinen Körper zum Singen. Sie wand sich, und er drückte sie vorsichtig an sich, um ihren Kopf über Wasser zu halten.

Pam beugte sich über sie und sah ihr in die Augen. „Maggie? Kannst du mich hören?"

„Soll das ein Witz sein? Sie haben dich bis nach Vancouver gehört. Hör auf zu schreien, mein Kopf tut schon genug weh. Wenn du helfen willst: Ich habe Durst."

„In meinem Rucksack ist eine Flasche Wasser. Geh sie holen und gib sie mir", forderte Pam und warf ihm einen bösen Blick zu.

Herrschsüchtiges Weib. Erik lächelte. Es war gut zu wissen, dass seine Gefährtin eine Freundin hatte, die sie beschützen wollte, obwohl von jetzt an er für den nötigen Schutz sorgen würde.

Praktischerweise hatten sich die Teenager, die mit ihm reisten, dicht um ihn versammelt und waren neugierig zu sehen, was los war.

„Cody, hol was zu trinken für unsere Freunde!", befahl er. Der Junge nickte und rannte zu seiner Kühlbox auf der Terrasse.

Maggie bewegte sich erneut, und Erik genoss ihr Gewicht auf seinem Schoß. Die Berührung ihrer Haut war ein Genuss. Der süße Geruch ihres natürlichen Parfüms erfüllte ihn mit dem dringenden Verlangen, ihre Haut zu schmecken.

Cody reichte ihr eine Flasche Wasser, und sie trank den größten Teil davon aus.

Pam beobachtete ihn wie ein übereifriger Anstandswauwau und ließ ihren Blick über die Becken schweifen. Sie schien besorgt zu sein, dass sich jetzt vier fremde Männer um sie und Maggie drängten, und Erik bedeutete den Jungen, sich zurückzuziehen.

„Bin ich ohnmächtig geworden?" Maggie sprach leise und langsam, ihre Worte waren kaum hörbar.

„Du warst nicht bewusstlos, aber du warst auch nicht ganz da. Brauchst du deine Pillen?", fragte Pam.

Maggie lehnte sich wieder an seine Brust und drehte den Kopf ein wenig, sodass die Wärme ihres Atems ihn berührte. „Keine Pillen. Das ist wunderbar. So entspannt war ich schon seit Monaten nicht mehr."

Erik lächelte. Sie hatte ihn auch erkannt. Ihr Körper spürte schon, dass sie füreinander bestimmt waren.

Die Freundin starrte ihn noch wütender an, ihre Augen misstrauisch zusammengekniffen, als würde Erik Maggie irgendwie dazu bringen, wie eine Marionette zu reagieren. „Ähm, Mags? Wenn du magst, willst du dich mit mir da drüben hinsetzen?"

„Nein. Gemütlich hier." Ihre Worte waren undeutlich.

Er spähte über ihren Kopf und sah, dass ihre Augen geschlossen waren. Lange dunkle Wimpern ruhten auf milchweißer Haut. Er bewunderte den Kontrast zu seiner dunkleren Hautfarbe, wo ihr Arm auf seinem Bizeps ruhte. Sie schmiegte sich ohne Scham an ihn und rieb versehentlich ihre Hüften an seiner Leistengegend, und sein Schwanz erwachte.

Oh ja. Es wäre auch okay, zum intimen Teil ihrer Beziehung überzugehen.

Sie bewegte sich träge und hob die Arme, um sich zu strecken. Ihre Finger verfehlten seine Wange um Haaresbreite, und er verkniff es sich, sich weiter vorzubeugen, um sich von ihr streicheln zu lassen. Ihr wunderbarer Duft hing in der Luft, und er atmete tief und genüsslich ein. *Hmm.* All die Tage, in denen er zugesehen hatte, wie sein Alpha-Paar sich umeinander kümmerte, hatten seine Vorfreude auf diesen Moment auf einen schönen Höhepunkt getrieben. So fühlte es sich an, den fehlenden Teil seiner Seele zu finden.

Maggie schmatzte mit den Lippen. „Gibt es eine Snack-Bar hier?"

„Hast du Hunger?" Pam kam näher.

„Nein. Ich versuche nur herauszufinden, was dieser wunderbare Duft ist. Warum hast du so geschrien?"

Pam zeigte über Maggies Schulter und schnupperte. „Er ist verdammt stur, und ich wünschte wirklich, du würdest aufhören, auf ihm zu sitzen."

Der gleichmäßige Herzschlag seiner Gefährtin wurde schneller. Sie tastete unter Wasser, und ihre Finger glitten über die nackte Haut seines Oberschenkels, was einen weiteren Schauer durch seine Nerven jagte. Oh, verdammt, die Verbindung zwischen ihnen war unglaublich.

„Pam? Wo bin ich?" Maggie drehte sich in Zeitlupe um und starrte zu ihm auf. Das tiefe Blau ihrer Augen blitzte einen Moment lang auf, bevor sie den Mund öffnete.

Und schrie.

2

———

Maggie kletterte so schnell von seinem Schoß, dass sie abrutschte und ihre Füße auf den runden Steinen am Boden des Beckens keinen Halt fanden. Der gewaltige Mann vor ihr fing sie mühelos auf, bevor ihr Kopf untertauchen konnte.

„Beruhige dich, Maggie. Du bist in Sicherheit." Er stellte sie auf die Füße und trat zurück. Das strahlende Lächeln in seinen Augen und auf seinem Gesicht brachte etwas in ihr dazu, sich zu winden, und löste in ihr gleichzeitig einen Freudensprung aus. Ihr Wolf kämpfte darum, freigelassen zu werden, und als Reaktion darauf zog sich ihr Magen zusammen.

Er war ein Werwolf. Sie erkannte ihn anhand der Bilder, die Missy ihr in den letzten Jahren online geschickt hatte. Er war der verdammte Beta des Rudels ihrer Schwester und er war hier im Liard Hot Springs Pool, und ihr Wolf war heiß auf ihn. *Großartig. Lass uns einfach mit beiden Beinen reinspringen, ja?* Nachdem sie jahrelang alles gemieden hatte, was mit Wölfen zu tun hatte, musste der erste, dem sie begegnete, sie antörnen.

Eine Bewegung an seiner Seite erregte ihre Aufmerksamkeit, als sich eine Gruppe junger Männer näherte.

„Erik? Ist das Maggie?"

„Natürlich ist sie das. Sie sieht aus wie ihre Schwester. Hi Maggie, willkommen im Norden."

Die drei Jugendlichen kamen weiter auf sie zu und redeten alle durcheinander. Maggie zog sich schnell zurück und stieß gegen Pams Seite. Oh Gott, da waren vier Wölfe vor ihr. Panik stieg auf, und sie rang sie nieder. Sie musste ihre Ängste überwinden.

„Kennst du diese Leute?" Pam legte schützend einen Arm um ihre Schultern.

Erik nickte. „Wir sind Freunde ihrer Schwester. Wir sollten euch in Whitehorse treffen."

Pam sah sich demonstrativ um.

Einer der Jungen meldete sich zu Wort. „Wir haben Erik angefleht, mit uns zu den heißen Quellen zu gehen. Es ist schon eine Weile her, und da die Spiele bald anfangen und wir noch nicht mitmachen können, hat er –"

„Spiele?"

Erik unterbrach ihn, sein Blick auf Maggie gerichtet. Sie hielt den Blickkontakt nur durch pure Willenskraft aufrecht. „Wir sollten uns morgen treffen. Es ist einfach ein Zufall, dass wir zur gleichen Zeit hier sind. Geht's dir jetzt gut, Maggie? Brauchst du mich für irgendetwas?" Die Hitze in seinen Augen ließ sie wissen, dass sein Angebot weit offen für Interpretationen war.

Zieh dich aus und lass mich dich reiten. Maggie spürte, wie ihre Haut rot wurde, und das lag nicht an der Hitze des Wassers um sie herum. Passierte das wirklich? Sie schüttelte den Kopf und bemerkte schließlich, dass sie immer noch ihre Shorts und ihr T-Shirt über dem Bikini trug. „Ich würde mich gerne umziehen, und dann können wir reden."

Pam hielt ihren Ellbogen, und gemeinsam schleppten sich die beiden aus dem Pool zur Umkleide und zogen eine Wasserspur hinter sich her. Maggie kicherte, als sie ihre Freundin ansah.

„Tut mir leid, dass ich dich gezwungen habe, bekleidet schwimmen zu gehen."

Pam winkte ab. „Kein Ding. Fühlst du dich besser?"

„Ja. Ich denke, mir geht's jetzt gut."

„Gut." Pam zog ihr Shirt aus und wrang es aus. Sie warf einen Blick aus der Tür der Umkleide und kam zurück, um zu flüstern. „Können wir diesen Jungs vertrauen? Kennst du sie wirklich?"

Maggie saß auf der Bank und zog ihre nassen Sneakers aus. „Ich habe viel von ihnen gehört. Ich habe sie noch nie persönlich getroffen, aber meine Schwester hat gesagt, dass mich jemand von Whitehorse nach Haines begleiten würde. Sie wollte nicht, dass ich allein fahre, nachdem ich dich am Flughafen abgesetzt habe."

„Sie konnte nicht kommen? Auch nicht, damit du weißt, dass sie die sind, für die sie sich ausgeben?"

Maggie schnaubte. „So wie es sich anhört, ist Autofahren im Moment nicht ideal für Missy. Die Zwillinge sollen bald zur Welt kommen und machen ihr das Leben schwer, und ich erwarte auf keinen Fall, dass eine schwangere Frau eine vierstündige Fahrt macht, nur damit ich mich besser fühle. Keine Sorge, ich erkenne Erik. Er arbeitet mit der Familie meines Schwagers zusammen. Er ist ein Wildnisführer."

„Er ist ein Panzer."

Sie lachte schallend. „Er ist ziemlich groß, nicht wahr? Und ... ziemlich lecker."

Pam zog die Augenbrauen hoch. „Wirklich? Scheiße, Mags, ich habe nicht gesehen, dass du Interesse an irgendeinem Mann gezeigt hast, seit –" Sie hielt inne und runzelte die Stirn. „Habe ich jemals gesehen, dass du Interesse an einem Mann gezeigt hast?"

Maggie versetzte ihr einen Klaps. „Hör auf damit."

„Wenn er jemand ist, dem du vertraust, ist das okay. Ich finde es einfach seltsam, dass wir ihnen ausgerechnet hier draußen in der Wildnis über den Weg laufen. Ich dachte, der Norden ist riesiges, wildes Land, in dem überall wilde Tiere frei herumlaufen. Kein Geselligkeitsverein."

Sie verließen die Umkleide, und Maggie holte tief Luft, während die drei Jungen Arschbomben in das untere Becken machten und wie Welpen miteinander herumtollten. „Oh, ich glaube, es gibt hier eine Menge wilde Tiere, wenn du weißt, wo du suchen musst."

ERIK SAH ZUFRIEDEN ZU, wie die Jungen Pam schließlich in einen anderen Teil des Beckens lockten, um dort ein Spiel zu spielen, und ihn zum ersten Mal mit Maggie allein ließen. Sie saß auf einem schmalen Grasstreifen am Beckenrand und ließ ihre Füße ins Wasser baumeln. Das dichte Unterholz der Wildnis hinter ihr rahmte ihren süßen Körper. Sie grub die Finger in die moosige Oberfläche, den Kopf abgewandt, doch er wusste, dass sie ihn musterte.

Er stand von dort auf, wo er bis zum Hals im heißesten Teil des Beckens gesessen hatte. Langsame, gleichmäßige Schritte brachten ihn näher, bis er seine Ellbogen neben ihr auf das Gras stützte. Er atmete tief ein und bemerkte, dass sie das Gleiche tat, als ein flatternder Puls an der Verbindungsstelle zwischen Hals und Schulter zum Leben erwachte. Er drehte den Kopf, bewunderte sie unverhohlen und konnte seinen Blick nicht abwenden. Sie trug einen Bikini in leuchtendem Blau, das ihren Augen glich, die aussahen, als wäre ein kleiner Teil des Sommerhimmels auf die Erde gefallen. Ihre Kurven und Rundungen an genau den richtigen Stellen riefen ihn, und er schluckte schwer.

Sie hob den Kopf, und ihre Blicke trafen sich. Eine Spur von Angst leuchtete in den Tiefen auf, und sein Wolf trat ihm in die Hoden und bestand darauf, dass er sich um sie kümmerte.

„Mache ich dir Angst?"

Sie benetzte die Lippen und ließ sie feucht und weich zurück. Er wollte sich unbedingt vorbeugen, um sie zu kosten.

„Ich fühle mich sehr zu dir hingezogen, und das macht mir Angst."

Die Luft um sie herum war erfüllt von den gedämpften Geräuschen des Frühlings und dem Gelächter der anderen in der Ferne. Die Sonne schien auf sie, und sie wandte ihr Gesicht den warmen Strahlen zu. Er wartete geduldig. Geduld war etwas, wovon er eine Menge hatte. Es dauerte ein paar Minuten, bis sie sich aufrichtete und die Schultern straffte. Die Kühnheit, mit der sie sich ihm zuwandte, machte ihn stolz. Seine Gefährtin war kein Weichei. Er hatte erwartet, dass sie genauso stark war wie er.

„Ich weiß nicht, wie viel meine Schwester dir über mich erzählt hat. Ich habe Wölfe lange gemieden. Ich weiß, dass ich meine Einstellung ändern muss, aber ich habe es mir zur Gewohnheit gemacht, mich von jeglichen Verstrickungen mit dem Rudel fernzuhalten. Ich muss gegen meinen ersten Instinkt ankämpfen. Es wird einige Zeit dauern, mich wieder daran zu gewöhnen, nicht in Panik zu geraten, wenn ich einen Werwolf sehe. Es tut mir leid, dass ich geschrien habe, als ich dich gesehen habe. Das hast du nicht verdient."

Sie war nicht nur stark, sie war auch einfühlsam und herzlich. Erik ließ die Freude über ihre Anwesenheit auf sich wirken. „Vertrau mir, du bist nicht die Erste, die bei meinem Anblick schreit. Ich bin ein bisschen größer als die Meisten. Das kann einschüchternd sein. Ich nehme es nicht persönlich."

Maggie lächelte. „Das ist gut."

Sie starrten einander an.

„Würde es dir etwas ausmachen, wenn ich dich berührte?", flüsterte sie und sah ihm direkt in die Augen.

Etwas ausmachen? Er sehnte sich nach ihrer Berührung. „Das wäre schön."

Sie senkte ihren Blick wieder. „Ich habe in letzter Zeit nicht viel Zeit mit Wölfen verbracht. Ich habe Angst vor dem, was ich fühle. Ich glaube, ich weiß, was es ist, aber es macht mir Angst."

Grundgütiger. „Ich werde mich um dich kümmern."

Er machte einen Schritt zur Seite, immer noch hüfthoch im Wasser. Dann stützte er zu beiden Seiten ihrer Hüften eine Hand ins Gras. Sie blickten beide zu den anderen hinüber, um sich zu versichern, dass sie nicht beobachtet wurden. Dann lehnten sie sich wie Verschwörer aneinander, und ihre Lippen berührten einander.

Süße Sommerluft. Das Gefühl des Windes in seinem Fell bei einem Lauf im Mondlicht. Alle kostbaren Momente seines Lebens verblassten im Vergleich zu dem, in dem er sie schmeckte. Dies war der Moment, auf den er sein ganzes Leben lang gewartet hatte. Sie kam ihm mit leicht geöffnetem Mund entgegen, ihr Atem vermischte sich mit seinem, bevor sich ihre Zungen überhaupt berührten. Er zwang sich, seine Hände zu lassen, wo sie waren, aber sie kümmerte sich nicht darum. Während sie sich langsam küssten und den Geschmack des anderen kennenlernten, streichelte sie seine Schultern und strich mit ihren Händen über seine kurz geschnittenen Haare. Sie strich mit ihren langen Fingern über seine Brust. Seine Haut zitterte vor Erwartung, wo sie ihn als Nächstes berühren würde. Zarte, flüchtige Berührungen, die sein Blut zum Kochen brachten.

Er konzentrierte sich darauf, ihren Duft zu genießen und ihn in sein Innerstes zu ziehen. Knabbern an ihrer Unterlippe, leichte Küsse auf ihre Wange. Er leckte zärtlich den pochenden Puls an ihrer Kehle. Sein Zahnfleisch juckte vor Verlangen, sie zu beißen und sie für immer als seine zu markieren. Aber noch nicht. Nicht, nachdem sie gerade ihre Ängste gestanden hatte. Dennoch verlangte sein Wolf von ihm, etwas zu unternehmen. Das Tier in ihm wurde so wild, wie er es noch nie zuvor gespürt hatte, und trieb Erik dazu, sie als seine Gefährten zu markieren. Anstatt zu beißen, saugte er die weiche Haut ihres Halses in seinen Mund, bis Blut die cremige Oberfläche färbte. Das lustvolle Stöhnen, das über ihre Lippen kam, brachte ihn fast dazu, seine Meinung zu ändern und sie gleich hier am Ufer zu nehmen.

Oh, verdammt, er wollte sie. Ganz. Sofort.

Er musste sich konzentrieren, um sich loszureißen und zu beobachten, wie sich ihr keuchender Atem langsam beruhigte und sein Körper sich nach mehr sehnte. Sein Blick fiel auf den rosigen Kreis, der ihren Hals entstellte, und sein Wolf knurrte begeistert. Seine Gefährtin. Er hielt inne.

„Deine Freundin ist ein Mensch, nicht wahr?"

Maggie ließ ihre Hände immer wieder über seine Schultern gleiten, ihre Finger klammerten sich an ihn. Sie warf einen Blick dorthin, wo Pam immer noch mit den Jungs spielte. „Ich kann ihr auf keinen Fall erklären, warum ich mir von einem Wildfremden einen Knutschfleck habe machen lassen. Sie wird denken, dass ich den Verstand verloren habe." Sie schnaubte. „Vielleicht habe ich das auch. Oh Gott, ich hätte nie erwartet, dass das passieren würde."

Erik hob sie vom Rand und ließ sie ins Wasser sinken. Er sehnte sich danach, sie wieder auf seinen Schoß zu ziehen und sie immer intimer zu berühren. Unter normalen Umständen würden sie jetzt schon Liebe machen. So war es mit Gefährten. Manchmal dauerte es ein Leben lang, die eine besondere Person zu finden, die einen auf jeder Ebene vervollständigte – körperlich, geistig und emotional. Wenn man sie gefunden hatte, gab es kein Zurückhalten mehr. Niemand machte einem Vorwürfe, wenn man sich einfach nahm und zusammenfügte, was sein sollte.

Das Warten würde ihn fertigmachen.

Er setzte sich ihr gegenüber auf eine der Unterwasserbänke. „Wir müssen es ihr nicht sagen. Sie fliegt in ein paar Tagen zurück nach Vancouver, oder?"

Maggie nickte.

„Dann warten wir. So sehr ich dich auch jetzt in mein Zelt mitnehmen und mit dir schlafen möchte, wir können um deiner Freundin willen warten." Ein Schauder ließ Maggie kurz frösteln, und sie sah ihn an, eine Spur von Angst war in ihre Augen zurückgekehrt. Sein Wolf heulte und wollte sie trösten. „Stimmt was nicht?"

„Ich will keinen Gefährten."

Er schnaubte. *Bullshit.* „Zu dumm, du hast einen."

Ihr Mund blieb offenstehen, und sie starrte ihn an. „Du kannst sowas nicht einfach sagen und erwarten, dass ich damit einverstanden bin. Ich sage dir, ich will keinen

Gefährten. Schon der Gedanke, in der Enge eines Rudels zu leben, macht mir immer noch Angst. Warum sollte ich obendrein auch noch einen Gefährten haben wollen, mit dem ich mich rumschlagen muss?"

Das ergab überhaupt keinen Sinn. „Mit einem Gefährten muss man sich nicht rumschlagen, einen Gefährten liebt man."

Sie erstarrte. Er hatte eine plötzliche Vision von ihnen beiden, eng miteinander verflochten, und musste ins Wasser greifen, um sich zurechtzurücken, bevor sein Schwanz explodierte. Ihr Blick folgte seinen Händen, und sie wurde rot.

„Ich weiß, das ist nicht fair. Es tut mir leid, wirklich, aber so sehr mein Körper sich auch dafür interessiert, wir können das nicht tun. Ich sage es dir direkt, damit du vorbereitet bist. Selbst wenn Pam weg ist, werde ich keinen Sex mit dir haben. Ich bin nicht bereit, jemandes Gefährtin zu sein, bis ich einige Probleme aus der Welt geschafft habe."

„Erzählst du mir das, weil du denkst, wenn du es aussprichst, wirst du dem Wunsch widerstehen können, mit mir zusammen zu sein? Maggie, wir sind Werwölfe und wir sind Gefährten. Ja, es gibt eine chemische Reaktion zwischen uns, aber das ist nicht nur körperlich. Es liegt in unserem besten Interesse, Gefährten zu werden."

„Bestes Interesse? Wovon zum Henker redest du?"

„Diese Probleme, von denen du gesprochen hast, ich möchte dir helfen. Das ist mein Job. Als Gefährte sind wir besser zusammen. Ich brauche dich, du brauchst mich."

„Arghh, du nervst."

„Ich bin dein Gefährte."

Das Geschrei und Gelächter der anderen wurde lauter, als sie näherkamen. Sie würden dieses Gespräch später weiterführen müssen. Erik hob eine Augenbraue. „Wir müssen uns darauf einigen, vorerst anderer Meinung zu sein. Gehen wir zurück zum Campingplatz. Wir folgen euch am Morgen nach Whitehorse. Kyle hat mir befohlen, dich, während wir dort sind, jederzeit im Auge zu behalten." Er stand auf und streckte ihr eine Hand entgegen. Sie nahm sie widerwillig und er drückte ihre Finger. „Alles wird gut, Maggie, wirklich."

Sie schüttelte den Kopf. „Du verstehst es einfach nicht."

Sie wateten zur Treppe, und er führte sie aus dem Pool. „Vielleicht nicht, aber das bedeutet nicht, dass es mir egal ist."

Die Hoffnung in ihren Augen beruhigte seine Ängste. Es gab offensichtlich etwas Großes, wovon sie ihm noch nichts gesagt hatte, aber sie würden sich darum kümmern. Zusammen.

„Heilige Kuh, was ist mit deinem Hals passiert?", rief Pam, als sie und die Jungen sich um sie drängten.

Maggie erstarrte für einen Moment, ihr Gesicht wurde rot. Erik antwortete schnell. „Insektenstich."

Einer der Jungen schnaubte. Erik stieß ihm den Ellbogen in die Rippen, während Pam in ihrer Tasche kramte und eine Dose Creme herausholte. Sie tupfte etwas davon auf das Mal. „Muss ein verdammt großes Insekt gewesen sein."

Maggie starrte ihn wütend an, und er lächelte und wandte sich ab, um in die Umkleide zu gehen. „Das größte, das es gibt."

3

———

„Ich habe meine Meinung, was die Heimreise angeht, geändert. Ich storniere meinen Flug, Maggie. Ich lasse dich nicht mit diesen Typen in die Wildnis Alaskas aufbrechen." Pam verschränkte die Arme vor sich.

Maggie seufzte. Nicht schon wieder! Während der gesamten siebenstündigen Fahrt von Liard nach Whitehorse hatte Maggie Mühe gehabt, die endlosen neugierigen Fragen ihrer Freundin zu beantworten.

Es half auch nicht, dass Erik sie während der paar Tage in Whitehorse vor Pams Heimflug überallhin begleitet hatte. Er schien sich Mühe zu geben, ihnen Raum zu geben, weigerte sich aber dennoch, sie allein zu lassen.

„Ich gehe nicht mit ihnen in die Wildnis. Ich fahre nur nach Haines, um zu meiner Familie zurückzukehren."

„Ja, genau. Die Familie, von der du soooo begeistert bist. Der Unfall deiner Eltern ist Jahre her. Ich dachte, du hast mir erzählt, dass deine Schwester mal in eine Art Sekte verwickelt war. Als wir an der Uni waren, wolltest du nie was mit ihren Freunden zu tun haben. Einmal hast du dich sogar vor ihnen versteckt. Oder erinnerst du dich nicht mehr?"

Bei dem Gedanken daran lief ihr ein Schauer über den Rücken. Sie wünschte, sie könnte es vergessen. „Verdammt, Pam. Natürlich erinnere ich mich, aber die Situation hat sich geändert."

„Natürlich."

Maggie zögerte. Wie sollte sie Pam überzeugen, wenn sie sich selbst nicht sicher war?

Ein Wolfsrudel galt als der sicherste Ort der Welt. Ein Ort, an dem man umsorgt und gefördert wurde, keine höllische Falle. Das war weder die Erfahrung ihrer Schwester noch ihre eigene gewesen. Zu ihrer Verteidigung hatte sie das Rudel ihrer Jugend abgelehnt und es sogar geschafft, den Gedanken, ein Wolf zu sein, für eine lange Zeit aus ihrem Leben zu verdrängen. Doch sie konnte es nicht mehr. Ihr Körper ließ es nicht zu.

Aber ihr Herz und ihr Verstand hatten große Angst davor, den nächsten Schritt zu tun.

Sie ließ sich auf einem der starren Plastikstühle im Wartebereich des Flughafens nieder. „Pam, ich weiß, es wirkt seltsam, aber du musst mir in dieser Sache vertrauen. Meine Schwester und ich haben immer Kontakt gehalten, und ich liebe sie sehr. Außerdem ist sie jetzt mit einem wunderbaren Mann verheiratet."

Pam schüttelte widerwillig den Kopf. „Ich verstehe einfach nicht, warum du dich nach all der Zeit dazu entschließt, zurück in den Yukon zu ziehen. Ich dachte, wir würden weiter zusammen wohnen. Ich bin enttäuscht." Sie setzte sich neben Maggie. „Ich mache mir Sorgen um deine Gesundheit. Du hast dieses Drüsenfieber, oder was auch immer du hast, noch nicht überwunden. Was, wenn du unterwegs einen weiteren Anfall hast?"

„Das ist einer der Gründe, warum ich nicht fahren werde." Sie ergriff Pams Hände. „Alles wird gut. Wirklich. Ich bin froh, dass wir diese Zeit zusammen verbringen konnten. Wenn es darum geht, auf Roadtrips zu singen, bist du der Hammer." Pam schnaubte, und sie grinsten einander an.

„Ich könnte mich nicht aus einer Papiertüte raussingen." Plötzlich war Maggie in eine Bärenumarmung gehüllt, die ihr den Atem aus dem Körper presste. Dann ließ Pam sie los und wedelte mit einem Finger vor ihrem Gesicht. „Ich erwarte regelmäßige E-Mails. Sag mir Bescheid, wenn du dich eingelebt hast, und wenn ich nicht oft genug von dir höre, komme ich zurück. Bewaffnet."

Maggie lachte. „Ich erwarte, dass du mich in Haines besuchen kommst, wenn du kannst. Du bist eine großartige Freundin, und ich werde dich vermissen."

Eine letzte Umarmung, und Pam reihte sich in die kurze Schlange ein, die auf die Sicherheitskontrolle wartete.

Maggie spürte ihn an ihrer Seite, bevor sie ihn sah. Es machte ihr zwar ein wenig Angst, dass Erik immer in ihrer Nähe war, aber es fühlte sich auch sehr richtig an. Die beiden Tage, an denen sie mit Pam einkaufen gegangen war und Theater und Museen besucht hatte, hatte seine Anwesenheit im Hintergrund sie beruhigt. Ihr ein Gefühl der Sicherheit gegeben. Kein Wunder, dass Pam es für verrückt hielt, mit ihm irgendwohin zu gehen – in den Augen ihrer Freundin war er sowas wie ein Stalker.

Nach der letzten Sicherheitskontrolle drehte sich Pam noch einmal um und winkte zum Abschied. Sie warf Erik einen finsteren Blick zu und hielt ihre Finger wie ein Telefon, zeigte auf Maggie und formte mit den Lippen „Ruf mich an".

Maggie würde sie vermissen, aber zum ersten Mal seit

Jahren wieder im Rudel zu sein, mit einem Menschen in der Nähe? Keine gute Idee.

„Sie ist ein nettes Mädchen." Der tiefe Klang seiner Stimme traf sie tief im Magen. „Geht's dir gut?"

Sie nickte. Die vertrauten Schutzwälle, die sie jahrelang um sich herum aufgebaut hatte, verschwanden schnell. Jetzt begab sie sich auf gefährliches Terrain. War es möglich, sich in der Nähe einer riesigen Gruppe Wölfe wieder wohlzufühlen? Würde sie sich jemals sicher fühlen?

„Ich habe die Jungs eine Zeit lang im Canada Games Centre zum Spielen gelassen. Ich würde meine Gefährtin gern zum Mittagessen ausführen." Er legte einen Arm um sie und zog sie an seine Seite.

Ein Nervenkitzel durchfuhr sie, als sie die Bedeutungsebenen sah, die sie in seine Worte hineininterpretierte. Sein Anspruch auf sie – sie konnte nicht leugnen, dass er echt war. Ihr Wolf tänzelte bei dem Gedanken, mit ihm irgendwohin zu gehen. Vor allem an einen privaten Ort, an dem sie ein paar Kleidungsstücke ausziehen und intim werden konnten.

Sie schüttelte den Kopf, um sich von den Bildern zu befreien, die sie verspotteten. Sie konnte es nicht. Das sollten sie nicht. Noch nicht. „Ich habe dir gesagt, dass wir warten. Ich habe es so gemeint."

Er drehte sich zu ihr um, und ihre Körper bewegten sich aufeinander zu. „Du denkst, es ist zu gefährlich, mit mir zu Mittag zu essen?" Hitze rollte von seiner Haut ab, und sie musste weit nach oben blicken, um in seine Augen zu sehen. Ihr lief das Wasser im Mund zusammen, ihre Hormone schalteten einen Gang hoch.

Bastard! Er wusste, welche Wirkung seine Berührung auf sie hatte. „Du bist eine echte Nervensäge."

„Noch nicht." Er streichelte ihre Hüfte und drückte

kurz auf ihren Po. Er zwinkerte und legte dann seine breite Hand an ihren unteren Rücken, um ihre Schritte zum Parkplatz zu lenken.

Hitze schoss durch ihr Innerstes, und ihr Wolf richtete sich auf und bettelte. Maggie befreite sich aus seiner Berührung, indem sie schneller ging. Da ihre Beine natürlich viel kürzer waren als seine, musste sie fast rennen, um schneller zu sein als er.

Zwei Reihen weiter auf dem Parkplatz wirbelte sie herum und stemmte die Hände in die Hüften. Sie musste ihre Gedanken sortieren, bevor sie nach Haines aufbrachen.

„Hör zu. Ich weiß, dass du direkte Anweisungen von deinem großen Boss hast, aber ich hätte gerne ein bisschen Zeit für mich. Niemand wird mich auf den Straßen von Whitehorse überfallen. Da bin ich mir vollkommen sicher. Ich habe früher hier gewohnt. Ich will einfach nur in Ruhe gelassen werden und –"

Guter Gott, wie sollte sie wütend auf ihn sein, wenn er jedes Mal, wenn sie ihm die Hölle heiß machte, nichts anderes tat, als zu lächeln? Es war auch nicht irgendein Lächeln. Es war ein „Willst du jetzt endlich mit mir ins Bett?"-Lächeln. Der Ausdruck hatte eine ziemliche Wirkung, wenn man seine fast-zwei-Meter-Figur betrachtete und seine wunderschönen Gesichtszüge und die dunklen, funkelnden Augen miteinbezog.

Und musste er so verdammt gut riechen?

„Du kannst in Whitehorse nicht allein laufen. Ich weiß nicht, ob es dir in den letzten Tagen aufgefallen ist, aber hier leben viel mehr Wölfe als in Vancouver. Du bist nicht nur Angehörige eines rivalisierenden Rudels, sondern auch mit einigen der mächtigsten Wölfe des Nordens verwandt. Kyle dachte, du wärst Single. Er wollte nicht, dass irgendwelche Welpen versuchen, dich auszunutzen."

„Ich bin Single."

Er knurrte leise, und ihre Rumpfmuskeln spannten sich als Reaktion darauf an. Oh Scheiße, sie hatte seinen Wolf gereizt. Eisige Finger der Angst krochen über ihren Rücken, und ihr Herz raste. Sie wollte auf die Knie fallen und unterwürfig ihre Kehle entblößen. Ein anderer Teil von ihr wollte davonrennen, vor seiner Wut fliehen.

Irgendwie hielt sie die Augen offen, in der Hoffnung, sich ducken zu können, wenn er auf sie losging. Mit seiner Größe überragte er sie weit, und sie fühlte sich von der schieren Masse des Mannes überwältigt.

Er hob ihr Kinn mit einem Finger an und sagte mit fester Stimme: „Du. Hast. Einen. Gefährten."

Ihr Wolf keuchte zustimmend und kroch näher an die Oberfläche. Sie presste ihre Hände auf den Bauch, als krampfartige Schmerzen sie erschütterten.

„Verdammt, was zum ...?" Erik legte seine Arme um sie und zog sie an sich.

Irgendwie landete sie wieder auf seinem Schoß, als er in die Hocke ging und sich mit dem Rücken gegen einen Mietwagen lehnte. Die Welt drehte sich im Kreis, und sie tastete nach der Pillendose in ihrer Tasche. Er nahm sie ihr ab, schüttelte ein paar davon auf die Hand und reichte sie ihr. Irgendwo holte er eine Wasserflasche hervor, und sie schluckte gierig.

Sie hielt ihren Blick abgewandt. Mit ihren Ängsten und ihrem wachsenden Bedürfnis nach ihm fühlte sie sich völlig aus dem Gleichgewicht.

Es dauerte nicht lange, bis die Schmerzen nachließen. Als sie die Augen öffnete, starrte sie in sein besorgtes Gesicht.

„Tut mir leid. Ich wollte dich nicht erschrecken." Er

legte seine große Hand an ihre Wange und musterte sie besorgt.

Sie nickte langsam. Sie spürte nur seine Sorge und sein Verlangen. Sie ignorierte ihre verworrenen Nerven und zwang sich, sich zu beruhigen. Er war nichts als vertrauenswürdig gewesen und hatte es verdient, mit Respekt behandelt zu werden.

„Willst du mir sagen, was los ist?", fragte er sanft.

Maggie biss sich auf die Lippe. „Chemisches Ungleichgewicht." Das war vorerst alles, was sie zugeben wollte.

Er runzelte die Stirn. „Du bist ein Wolf. Wandle, und es geht dir wieder gut."

Sie kletterte von seinem Schoß und schwankte einen Moment lang, bevor sein starker Arm sie stützte. Das war ein Thema, das sie noch nicht einmal ansatzweise zu diskutieren bereit war. „Ich habe Hunger. Können wir irgendwo zu Mittag essen?"

Erik beobachtete sie, als er sie zu seinem SUV führte. „Netter Versuch, das Thema zu wechseln. Warum kämpfst du so hart dagegen? Du brauchst –"

„Ich brauche Mittagessen. Was Rohes. Ist das hier in Whitehorse möglich?"

Er lächelte ironisch. „Ich kenne genau den richtigen Laden dafür."

„Eine gemischte Platte für vier, bitte."

Maggie stieß ihn mit dem Ellbogen an. „Vier?"

Erik schniefte. Sie musste sehr hungrig sein, vielleicht war das ein Teil ihres Problems. Dumme Frauen machten immer dann Diäten, wenn es nicht nötig war.

„Sorry, machen Sie eine für sechs. Alles roh, extra Wasabi und ohne Ingwer." Sie setzten sich ans Ende der langen Theke, und er hielt ihren hochbeinigen Hocker fest, während sie sich setzte und immer noch kicherte.

„Du Truthahn. Das ist nicht das, was ich meinte."

„Was?" Er ergriff ihre Hand und hielt sie fest. Vielleicht wollte sie es langsam angehen lassen, aber er würde sie auf keinen Fall die Tatsache ignorieren lassen, dass sie füreinander bestimmt waren. Er wollte sie berühren, nur, um sich selbst zu quälen.

Ihre Wangen färbten sich rot, und sie zog, um seinen Halt zu testen, bevor sie sich entspannte und seine Finger drückte.

„Tut mir leid. Ich mache es dir nicht leicht." Ihr Lächeln verblasste, und er beeilte sich, sie zu beruhigen.

„Glaube mir, ich habe Gefährten oft genug zusammen gesehen, um zu wissen, dass Beziehungen nicht immer unkompliziert sind. Ich bin auf alles vorbereitet, was du auf mich abfeuerst." Er strich mit den Fingern seiner freien Hand über ihre Wange. „Ich gehöre ganz dir."

Das leise Geplapper der Touristen surrte um sie herum, die Düfte der Menschen lagen in der Luft, doch alles, was er wahrnahm, war sie. Strahlend blaue Augen starrten ihn an. Der verlockende Duft ihres Parfüms, der stärkere Duft ihres Wolfes – beides stieg in seine Nase und benebelte seinen Geist.

Sein Magen knurrte und unterbrach die intensive Verbindung zwischen ihnen. Die Sorge um ihre Gesundheit beschäftigte ihn. Mit seiner Gefährtin stimmte etwas nicht, und er hatte Mühe, es zu verstehen. Er wollte ihr helfen, damit es ihr besser ging.

Er brauchte mehr Details. „Willst du mir sagen, wozu die Pillen gut sind?"

Sie verzog das Gesicht. Einen Moment lang dachte er, sie würde versuchen zu lügen, doch dann seufzte sie. „Ich habe eine Art chemisches Ungleichgewicht und habe durch Zufall herausgefunden, dass die Pillen helfen, den pH-Wert meines Blutes so weit zu verändern, dass ich für eine Weile wieder auf normale Werte komme."

„Ich verstehe immer noch nicht, warum dein Wolf dich nicht heilt. Weiß Missy davon?"

Sie nickte langsam.

Das musste für den Moment reichen. In den letzten zwei Jahren hatte Missy oft ihre Sorge um ihre Schwester geäußert und das Gefühl, Maggie müsse so schnell wie möglich wieder bei ihrer Familie sein. Er würde mehr Zeit haben, über die Situation zu sprechen, wenn sie wieder sicher auf Rudelterritorium waren.

„Ich vertraue darauf, dass sie alles tun wird, um dir zu helfen. Sag mir Bescheid, wenn ich irgendwas tun kann, okay?" Erik küsste sie sanft auf die Wange und nutzte die Gelegenheit, um ihren Duft tief einzuatmen.

Hölle. Das war die Hölle.

Das Restaurant wurde immer voller. Ihr Tablett mit Essen kam an und lenkte ihn für einen Moment ab. Maggie hörte auf zu reden und verschloss sich. Erik sah sich um und bemerkte, dass andere Wölfe gekommen waren und auch an der Theke saßen.

Einer schob sich näher an Maggie heran. „Hey, süßes Ding. Neu in der Stadt?"

Erik hob eine Augenbraue. War der Mann ein Idiot? Oder blind?

Es lohnte sich nicht einmal, eine Szene zu machen. Wortlos zog er Maggie von ihrem Hocker auf seinen Schoß. Dann wählte er ein Stück Sushi aus und hob es an ihre

Lippen. „Ignorier ihn. Du hast gesagt, du hast Hunger. Versuch das."

Sie warf ihm einen dankbaren Blick zu und schmiegte sich näher an ihn. „Danke, aber du musst aufhören, mich herumzuschleppen, als wäre ich ein Sack Kartoffeln."

Sie nahm die Köstlichkeit in ihren Mund, und ihre Zunge streichelte seine Haut.

Er biss die Zähne zusammen, um ein lautes Knurren zu unterdrücken. Sie wollte spielen? Er wäre dabei. Alles, um sie weiter zu berühren.

Sie hätten genauso gut allein gewesen sein können. Die neuen Wölfe verzogen sich schnell, als sie merkten, dass er und Maggie zusammen waren, und zum ersten Mal seit langer Zeit war Erik froh, dass seine schiere Größe ausreichte, andere einzuschüchtern. Erik saß am Ende der Theke, mit dem Rücken zur Wand, und fütterte seine Gefährtin Stück für Stück mit zartem Lachs, frischem Thunfisch und anderem Sashimi.

Nach den ersten paar Bissen hatte Maggie angefangen, schüchtern ein Stück auszuwählen und es ihm anzubieten.

Er saugte ihre Finger in seinen Mund und leckte sie einen nach dem anderen sauber, ohne dabei ihren Blick loszulassen.

Sie wimmerte, leise und tief in ihrer Kehle, und er musste die Augen schließen, um sich darauf zu konzentrieren, seinen Wolf in Schach zu halten. Alles an dieser Frau rief ihn, und sie schien sich große Mühe zu geben, ihn in den Wahnsinn zu treiben. Sie war stark, brauchte aber seinen Schutz. Klug und doch weichherzig. Er zog sie an sich und küsste sie kurz, wobei er seine Lippen über ihre strich. Seine Hand glitt über ihren Oberschenkel und zog sie näher an seinen Schoß und gegen seine wachsende Erektion.

Sie musste wissen, dass er sie wollte.

Maggie leckte sich die Lippen und wandte sich dann wieder dem Füttern zu.

Es war so erotisch, wie es an einem öffentlichen Ort nur sein konnte. Es war gut, dass sie an einem öffentlichen Ort waren, sonst hätte er es nie überlebt. Einige der Barrieren, die sie zwischen sich errichtet hatte, schienen verschwunden zu sein.

Erik warf einen Blick auf seine Uhr. Sie hatten gerade genug Zeit, ihr Essen zu beenden, die Jungs abzuholen und sich auf den Weg zu machen. Er wählte ein weiteres Stück und hielt es an ihre Lippen.

Er würde jeden möglichen Moment mit seiner Gefährtin genießen.

4

———

Am Rand von Haines, Alaska, bog Erik in eine lange Auffahrt ein. Sie kamen an einem großen Blockhaus vorbei, von dem Maggie annahm, dass es sich um das Rudelhaus handelte. Den Autos nach zu urteilen, die in drei Reihen auf dem Parkplatz standen, fand heute Abend ein Treffen statt.

Eine weitere Minute dieselbe Straße hinunter hielt Erik vor einem gepflegten Bungalow an. Ein älteres Haus lag versteckt zwischen den Bäumen daneben.

Er öffnete ihre Tür, und als er ihr beim Aussteigen half, streichelten seine Finger ihre, während er ihre Hand etwas zu lange hielt.

Warum musste er dafür sorgen, dass ihre Haut prickelte?

Maggie schüttelte ihre Hand frei und drehte sich um, um das Haus ihrer Schwester zu bewundern. Das war weitaus ruhiger und gefiel ihr viel besser, als in WGs zu leben, wie manche im Rudel es taten. Jetzt im Chaos eines Haufens Wölfe zu leben? Oh nein. Nicht etwas, womit sie umgehen könnte.

Da sie in den letzten vier Stunden mit Erik eingesperrt gewesen war, war sie mehr als bereit für ein bisschen Abstand von ihm. Er hatte nichts anderes getan, als leise mit ihr über das Granite-Lake-Rudel zu plaudern und höfliche Fragen zu stellen. Nach der Sinnlichkeit des Mittagessens, das sie geteilt hatten, tanzten ihr jedoch immer noch nackte Visionen von ihm mit ihr durch den Kopf.

Es waren sehr lange vier Stunden gewesen.

Eine große, schlanke Gestalt kam die Treppe herunter, um sie zu begrüßen. Stacheliges schwarzes Haar und ein sündiges Lächeln blitzten für eine Sekunde auf, bevor er sie hochhob und im Kreis herumwirbelte.

„Willkommen! War aber auch Zeit, dass du zu uns in den Norden kommst." Tad ließ sie los und zerzauste ihr die Haare. Sie erwiderte sein Grinsen, stellte sich neben ihn und entspannte sich in der beruhigenden Wirkung, die seine Anwesenheit auf sie hatte. Es war erstaunlich, wie seine Fähigkeiten als Omega ihre angespannten Nerven beruhigten.

Seine Brauen schossen hoch, und er johlte vor Lachen, als er beide umarmte. „Erik! Du alter Hund. Herzlichen Glückwunsch, ihr zwei!"

Oh Scheiße! Ein Nebeneffekt dessen, dass er ein Omega war: Sie hatte vergessen, dass er die Verbindung zwischen ihr und Erik sofort spüren würde.

„Tad –"

„Missy wird so begeistert sein, zu hören, dass ihr Gefährten seid. Das sind fantastische Neuigkeiten!"

„Tad –"

„Erik, kommst du auch rein? Oder kommst du später wieder, um sie abzuholen?"

„Tad, warte!"

Schließlich hielt er inne, um zuzuhören, den Kopf zur

Seite geneigt. Das Gefühl einer kühlen Brise ging von ihm aus, und sie holte tief Luft. Ihr Schmerz ließ nach, als sie seine Hand ergriff.

Die Omega-Fähigkeiten waren tief in ihrer Schwester und in Tad verwurzelt, und sie war noch nie so dankbar gewesen für eine beruhigende Berührung. Sie musste schnell sprechen, bevor sie die Nerven verlor. „Erik wohnt nicht mit mir zusammen. Noch nicht."

Tad hob eine Augenbraue, Sorge stand auf seinem Gesicht. „Wirklich?" Er blickte ein paar Sekunden lang zwischen ihnen hin und her, bevor er mit den Schultern zuckte. „Okay. Eure Entscheidung. Ich schätze, wir sehen uns später."

Maggie drehte sich zu dem Riesen um, der nur wenige Zentimeter entfernt stand. Sie hielt ihre Hände an ihren Seiten, um nicht nach ihm zu greifen und ihn anzuflehen zu bleiben. „Ich –"

Er tippte ihr sanft auf die Nase, sein kräftiger Körper und seine wunderschönen Gesichtszüge waren so verlockend und beruhigend zugleich. Liebe und Sorge strömten von ihm aus. „Ich habe dich gehört. Für den Moment gewähre ich dir Abstand. Grüß Missy von mir, und wir sehen uns beim Abendessen. Du wirst bei mir sitzen."

Sie verschränkte die Arme vor der Brust. *Herrischer, arroganter ...*

„Bitte." Erik zwinkerte ihr zu, nickte in Tads Richtung und ging dann über die Terrasse auf das größere Haus auf dem angrenzenden Grundstück zu.

Maggie fühlte sich plötzlich befangen, als sie allein neben einem Omega-Wolf stand – sie hatte keine Angst vor ihm, aber er konnte vielleicht genau spüren, was mit ihr los war und warum. Der Grund für ihren Versuch, zum Rudel zurückzukehren, und der Grund, warum sie überhaupt gegangen war.

War sie bereit, dass irgendjemand das alles erfuhr?

Viele Jahre lang war sie auf sich allein gestellt gewesen und hatte mit ihren Ängsten gerungen. Sie war immer noch nicht bereit, mehr zuzugeben, als dass sie Hilfe bei der Heilung ihres Körpers brauchte. Vielleicht könnte sie in ein paar Wochen oder Monaten über den Rest der Probleme sprechen. Jetzt reichte es, dass sie versuchte, sich wieder einem Rudel anzuschließen.

Sie setzte ein strahlendes Lächeln auf, bevor sie seinen Blick erwiderte. Der Ausdruck auf seinem Gesicht sagte ihr, dass sie die Fassade fallen lassen konnte. *Verdammt!*

„Du weißt, was mit mir los ist, nicht wahr? Und warum?"

Er fuhr sich mit der Hand durchs Haar und starrte in die Ferne. Als er sie wieder ansah, waren die Wut und die Empörung, die sie in seinem Gesicht gesehen hatte, wieder unter Kontrolle.

Er nickte langsam. „Es ist ein Omega-Ding. Keine Sorge, ich werde es niemandem erzählen, und ich bezweifle, dass Missy es spüren wird. Sie ist im Moment ein bisschen abgelenkt. Aber, Maggie, du musst verstehen – du bist hier sicher. Außerdem ist Erik ein Fels in der Brandung. Mit ihm kannst du über alles reden."

Tads einfache Worte und das Fehlen von Mitleid in seinen Augen trugen mehr dazu bei, ihre Ängste zu lindern, als alles andere. „Danke."

„Jetzt gehen wir besser rein. Missy ist in letzter Zeit ein bisschen ... empfindlich. Ich gebe mir alle Mühe, sie nicht wütend zu machen."

Das Haus war sauber und ordentlich, abgesehen von ein paar verstreuten Spielsachen. Bunte Bilder und Stoffe zierten die gemütlichen Räume. Maggie bewunderte, was sie sah, als sie schnell zur Rückseite des Hauses gingen. Dort hatte man von der Küche einen Blick auf die Bäume, und direkt daneben war ein einladender Wintergarten mit raumhohen Fenstern. Missy saß zusammengerollt in einem der bequemen Sessel und sonnte sich.

„Da bist du ja!" Missy drehte sich auf ihrem Sessel und etwas, das Maggie für ein Kissen hielt, drehte sich mit ihr. Sie breitete ihre Arme weit aus, ihre Augen strahlten, und ihr Lächeln reichte von einem Ohr zum anderen. „Ich kann nicht fassen, dass du endlich da bist! Komm her und umarme mich!"

Maggie rannte durch den Raum, kam so nah wie möglich, schlang die Arme um ihre Schwester und entspannte sich in ihrer Umarmung. Die Tränen, die schon zuvor in ihre Augen gestiegen waren, flossen jetzt, als sie sich zum ersten Mal seit einer gefühlten Ewigkeit wieder umarmten.

Schließlich tätschelte Missy ihr den Kopf und küsste sie auf die Stirn. „Ich freue mich so, dich wiederzusehen."

Die dicke Wölbung von Missys Babybauch, die sie trennte, bewegte sich, und Maggie zog sich verblüfft zurück.

„Oh mein Gott, du bist –" *Oops*. Gigantisch war wahrscheinlich nicht etwas, das eine schwangere Frau hören wollte.

„Riesig? Verdammt, ich fühle mich nicht wie ein Wolf, ich fühle mich wie ein gestrandeter Wal."

Maggie lachte. „Nie hat es mehr von dir zu lieben gegeben als jetzt."

„Oh mein Gott, der ist gut. Als hätte ich das noch nie gehört."

Sie grinsten einander an, und die Jahre, die sie voneinander getrennt gelebt hatten, verschwanden. Missy gehörte zur Familie – sie war die einzige Familie, die ihr noch geblieben war – und Maggie brauchte Familie jetzt dringend.

Sie streckte die Hand aus, um Missys Hand noch einmal zu drücken. „Danke, dass ich herkommen durfte."

„Du wirst für deinen Lebensunterhalt arbeiten, glaub mir. Ich kann mich nicht schnell genug bewegen, um mit Jamie mitzuhalten. Ich bin so froh, dass er sich erst als Teenager in einen Wolf verwandeln kann. Er ist gerade mal achtzehn Monate alt und jetzt schon schwer zu fangen."

Maggie sah sich im Raum um und suchte nach ihrem Neffen. „Wo ist er?"

„Er schläft, denke ich. Ich höre keine Raketeneinschläge, also muss er noch in seinem Zimmer sein."

Tad drückte seiner Gefährtin einen Kuss auf die Stirn, bevor er neben ihr in die Hocke ging.

Missy starrte ihn böse an. „Endlich. Hast du mir –?"

Er streckte ihr eine Handvoll bunte Schokoriegel entgegen. „Dunkle Schokolade. Und Orangenschokolade ... mit Walnüssen."

Missy starrte gereizt darauf und verzog den Mund. Sie stützte beide Hände auf die Seiten ihres Sessels, um sich in eine neue Position zu stemmen.

Tad beeilte sich, ihr zu helfen.

Sie lächelte ihn süß an und fing wieder an. „Nachdem du gegangen warst, habe ich beschlossen, dass ich auch –"

„– getrockneten Räucherlachs brauche. Auf dem Tisch ist eine Packung. Den Rest habe ich im Kühlschrank gelassen."

Maggie lachte hinter vorgehaltener Hand. „Missy, versuchst du, schwierig zu sein?"

Ihre Schwester schmollte. „Es ist seine verdammte

Schuld, dass ich ein aufgeblähter Wasserball bin. Schon wieder."

Tad zwinkerte. „Alles meine Schuld. Ich gebe es zu." Maggie sah amüsiert zu, wie die beiden sich eine Minute lang neckten und stritten, bevor er aufstand und Missy noch einmal auf die Wange küsste. „Ich werde euch zwei in Ruhe lassen, damit ihr reden könnt. Ich nehme Jamie mit, aber wir werden rechtzeitig zurück sein, um euch zum Abendessen zu begleiten."

„Ich will saure Gurken zum Abendessen."

Maggie prustete vor Lachen, als Tad langsam den Kopf schüttelte. „Du hasst saure Gurken."

„Und jetzt will ich welche."

Tad schmunzelte in Maggies Richtung. „Saure Gurken. Wenigstens will sie nicht saure Gurken mit Eiscreme. Das wäre zu klischeehaft."

„Alles deine Schuld", wiederholte Missy.

Er warf ihr einen Kuss zu. „Ich meine, mich zu erinnern, dass du auch beteiligt warst."

Er duckte sich, um dem Kissen, das sie warf, zu entkommen, und ging.

Die hereinscheinende Sonne machte den Raum zu einer warmen Oase der Ruhe. An der Seite des offenen Fensters plätscherte ein Wasserspiel, dessen Geräusch beruhigend und entspannend wirkte. Missy rutschte auf dem Sessel herum und streckte ihre Beine vor sich aus.

Maggie starrte erstaunt auf die perfekte Rundung des Bauches ihrer Schwester. „Du bist wirklich ein Wasserball."

„Halt die Klappe! Warte nur, bis du deinen Gefährten triffst und schwanger wirst. Du bist nicht viel größer als ich. Dein Baby wird auch nicht anders können, als nach vorn zu wachsen, und diesmal sind sie zu zweit –" Missy hielt inne und kniff dann die Augen zusammen. Maggie spürte, wie ihr Gesicht heiß wurde. „Heilige Scheiße, du hast deinen Gefährten kennengelernt. Nicht wahr?"

Maggie lehnte sich in ihrem Sessel zurück und verschränkte die Arme. „Hat dir jemals jemand gesagt, dass es verdammt schwierig ist, mit dir zu reden, wenn du scheinbar alles und über jeden weißt, bevor er es dir sagt? Als wir jung waren, war das schon schlimm genug, aber seit du akzeptiert hast, dass du ein Omega-Wolf bist, ist es lächerlich geworden."

Missy schnaubte. „Es ist schlimmer als du denkst. Da Tad auch einer ist, führen wir manchmal wirklich verrückte Gespräche. Hör auf, mich hinzuhalten. Wer ist es?"

Maggie starrte aus dem Fenster. „Ich bin nicht bereit für einen Gefährten."

„Wer ist es?" Missy rieb sich begeistert die Hände. „Jemand in Vancouver? Warum ist er nicht mitgekommen? Trifft er auch Vorkehrungen, in den Norden zu ziehen?"

Maggie stand auf und ging ein paar Schritte weg. Sie brauchte das nicht. Nicht jetzt. Wusste Missy nicht, wie schwierig es war, zum ersten Mal seit Jahren wieder von Wölfen umgeben zu sein? Hatte sie vergessen, wie es war, wirklich Angst zu haben?

Der einzige Grund, warum Maggie den Kontakt zu ihrem alten Rudel aufrechterhalten hatte, war, um mit Missy in Kontakt zu bleiben. Sobald Missy sich mit Tad gepaart hatte, hatte Maggie sofort alle Brücken nach Whistler abgebrochen.

Ihre Schwester ließ nicht locker. „Du hast ihn in Whitehorse getroffen? Mags, dir ist klar, dass das die Lösung deines Problems sein könnte."

Ja, genau. „Hörst du mir überhaupt zu? Ich will nicht an einen Gefährten gebunden sein. Ich frage mich immer noch, ob ich die richtige Entscheidung getroffen habe, hierher zu deinem Rudel zu kommen." Sie sah auf ihre Schwester hinab. „Wie kannst du dich in der Nähe all dieser Wölfe so wohlfühlen? Nach allem, was sie dir angetan haben? All diese Jahre deines Lebens verschwendet, weil unser Alpha –"

„Oh, Honey, das habe ich dir in den letzten zwei Jahren so oft gesagt. *Diese* Wölfe waren immer freundlich zu mir. Unser Alpha war kein Alpha – nicht im Sinne des Wortes. Tad ist ganz anders, als mein erster Ehemann war. Ich bin jetzt glücklich, Mags, wirklich. Ja, es war eine schreckliche Situation, und ich hatte es nicht verdient, so behandelt zu werden, aber ich bin drüber weg. Ist es nicht an der Zeit, dass du das auch versuchst?"

Die einzige Person auf der Welt, die Maggie kannte, die noch schlimmere Höllen durchgemacht hatte, als sie, saß vor ihr, hochschwanger mit ihrem zweiten und dritten Kind. Sie lebte mit einem Mann zusammen, dem sie vertraute und der sich alle Mühe gab, sie zum Lächeln zu bringen.

War es wirklich möglich, über die Vergangenheit hinwegzukommen?

„Maggie. Sag es mir. Bitte!"

Es war unmöglich, sich ihr zu widersetzen.

„Erik." Maggie kniff die Augen zu, als ihr Körper bereits auf das Aussprechen seines Namens reagierte.

Ihre Wölfin erwachte wieder, diesmal streckte sie sich langsam und sinnlich, eine Bewegung, die ihr den Rücken hinaufkroch. Sie hatte dieses Gefühl seit Jahren nicht mehr gespürt.

Schweigen folgte ihrer Ankündigung. Sie öffnete ein Auge und sah Missy mit offenem Mund dasitzen. „Was?"

Missy kicherte. „Du willst es nicht wissen."

„Bullshit. Du hast mich dazu gebracht, dir zu sagen, wer es ist, jetzt spuck's aus. Vertraust du ihm nicht?"

Ihre Schwester keuchte. „Ob ich Erik nicht vertraue? Dem freundlichen Riesen? Mädchen, es gibt niemanden, dem ich mehr vertraue, abgesehen von meinem Alpha. Ich habe mir nur ... ähm ... euch beide zusammen vorgestellt. Das ist alles."

Oh Gott. Nicht das, was sie im Moment brauchte. „Großartig. Ich sage dir, ich habe meinen Gefährten gefunden, und das erste, was dir einfällt, ist, wie wir Sex haben werden. Hol deine Gedanken aus der Gosse."

Sie lachten beide. „Ja, na ja, Sex steht dieser Tage ganz oben auf meiner Liste der Dinge, über die ich nachdenke, da ich nicht viel bekomme."

Maggie verdrehte die Augen. „Genug. Ich habe ihn noch nicht als meinen Gefährten akzeptiert. Ich muss erst ein paar Dinge klären."

Missy stützte ihren Bauch mit den Händen und rutschte an die Kante ihres Sessels. „Was du nicht in Betracht ziehst, ist, dass Erik dir als Gefährte dabei helfen wird, diese Dinge zu klären. Du brauchst Hilfe, und er ist derjenige, der dir helfen kann. Du musst ihm vertrauen."

„Hör auf, ein verdammtes Orakel zu sein."

„Ich bin kein Orakel, ich bin ein Omega. Noch wichtiger ist, dass ich deine Schwester bin und nur das Beste für dich will. Warum wehrst du dich so dagegen? Erik ist ein guter Mann, und er ist umwerfend. Wenn ich nicht schon einen Gefährten hätte, wäre ich einer Runde im Heu mit ihm nicht abgeneigt."

Ein leises Knurren drang aus Maggies Kehle. Sie erstarrte vor Schock.

„Oh-oh, sieht so aus, als ob dein Wolf nicht so tief schläft, wie du dachtest."

Maggie ließ sich ihrer Schwester gegenüber auf den Sessel fallen. „Nein, sie meldet sich immer lauter zu Wort, besonders wenn es um Erik geht."

„Das ist gut."

Die Freude in den Augen ihrer Schwester ärgerte sie. *Such dir einen Gefährten, und lös alle deine Probleme.* Vielleicht war es einfach nicht so einfach. Maggie stand abrupt auf.

„Das hast du gesagt, aber ich bin nicht überzeugt. Ich habe ihn erst vor ein paar Tagen kennengelernt. Ich brauche mehr Zeit." Sie rieb sich mit den Händen übers Gesicht und massierte sich die Schläfen. Ihr Körper und Geist schmerzten. Außerdem wollte sie Erik so sehr, dass sie hätte schreien können, aber sie versuchte, diese Gefühle zu ignorieren. „Ich bin müde. Ich hoffe, dass ich heute Nacht ein bisschen Schlaf nachholen kann, bevor ich Nanny für dich spiele."

Missy rümpfte die Nase. „Du willst ins Bett? Jetzt schon? Aber wir haben Pläne."

Oh, verdammt, nein. „Ich ertrage noch keine großen Events. Ich muss nur dich und Tad sehen, oder? Zumindest für eine Weile?"

Missy druckste herum. Etwas war im Gange. „Das Dinner ist geplant. Die Alphas werden da sein. Du kannst Kyle und Robyn nicht beleidigen und nicht aufkreuzen."

Scheiße. Es war ihre erste Nacht hier und schon hatte sie Lust, in den Wald zu rennen und sich zu verstecken. Sie biss die Zähne zusammen und schnaubte mit zusammengepressten Lippen. „Also gut."

„Da ist der Bruder des Alphas, TJ. Und ... na ja –"

„Erik wird auch da sein, nicht wahr?"

„Er geht dorthin, wo der Alpha hingeht, besonders bei offiziellen Veranstaltungen."

Das einzige Geräusch war das Plätschern des Wassers im Brunnen. Maggie drehte sich um und starrte ihre ältere Schwester entsetzt an. „*Offizielle* Veranstaltungen? Wovon redest du?"

Missy seufzte. „Es tut mir wirklich leid, Mags, ich habe es nicht mit Absicht getan. Heute Abend findet diese Sache statt. Es ist wichtig in der Wolfsgemeinschaft, und es findet nur alle fünf Jahre statt. Mir war nicht bewusst, dass es zu zeitlichen Überschneidungen kommen würde, als du angerufen hast, um mir zu sagen, wann du kommst. Ich weiß nicht, ob du dich an die Zeit erinnerst, als wir in Whitehorse gelebt haben, bevor wir nach Whistler gezogen sind. Die AWG?"

„Die Arktischen Wolfsspiele? Die sind jetzt?"

„Ja. Heute Abend findet das Auswahlbankett für das Granite-Lake-Rudel statt. Deshalb sind vor dem Rudelhaus so viele Autos geparkt." Panik musste auf ihrem Gesicht sichtbar gewesen sein, denn Missy beeilte sich, sie zu beruhigen. „Honey, alles wird gut. Ich werde bei dir sitzen, und Tad auch, und wir können gehen, sobald sie mit den Ankündigungen fertig sind."

Maggie schauderte. Es würde eine Versammlung von Wölfen geben, und sie musste teilnehmen.

Willkommen in der Hölle.

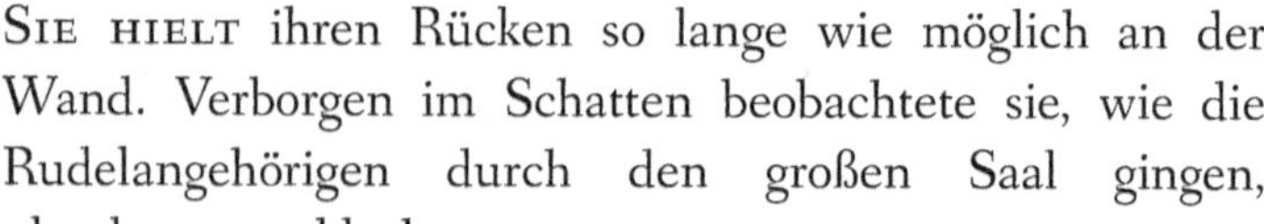

Sɪᴇ ʜɪᴇʟᴛ ihren Rücken so lange wie möglich an der Wand. Verborgen im Schatten beobachtete sie, wie die Rudelangehörigen durch den großen Saal gingen, plauderten und lachten.

Es sah sicher aus. Für den Moment.

„Bist du okay?"

Sie unterdrückte einen Schrei. „Wie hast du es geschafft, dich so an mich ranzuschleichen?"

Erik strich mit einem Finger über ihren Arm, seine Augen funkelten vor Schalk. „Ich bin seit fünf Minuten hier und habe dich beobachtet. Ich dachte, du hättest vielleicht gern eine Eskorte zurück zum Tisch. Wir werden bald die Auswahl treffen, und hier wird es ein bisschen laut werden."

Sie schluckte schwer. Irgendwie schlichen sich ihre Finger in seine. Die Wärme seiner Hand beruhigte sie. Es gab verdammt viel mehr Wölfe in dem Gebäude, als sie jemals wieder in ihrem Leben hatte sehen wollen. Trotzdem konnte sie sich nicht die ganze Nacht in der Ecke verstecken, egal, wie sehr sie es wollte.

„Okay." Sie stand aufrechter und hielt den Kopf hocherhoben. Vielleicht zitterte sie innerlich, aber sie würde es dem Rudel auf keinen Fall zeigen.

Erik drückte ihre Finger, als er sie am Alpha und seiner Gefährtin vorbeiführte. Die beiden lächelten sie an, bevor sie ihre Aufmerksamkeit wieder dem Mann zuwandten, der neben ihnen saß.

„Sie mögen dich." Erik rückte ihr den Stuhl neben Missy zurecht. Er setzte sich auf ihre andere Seite und legte seinen Arm auf die Rückenlehne.

Die Haare an seinem Arm kitzelten ihren Nacken, und ihre Nippel richteten sich auf. Großartig. Sie war kurz davor, vor Angst auszuflippen *und* war erregt.

Sein Mund war neben ihrem Ohr. „Ich mag dich auch. Sehr." Er leckte ihr Ohrläppchen.

Eine Schockwelle rauschte durch ihren Körper. *Scheiße.* „Hör auf damit!"

Seine sanfte Stimme kitzelte sie. „Ich kann dein Verlangen riechen."

Sie stieß ihn mit dem Ellenbogen an, und er rutschte lachend von ihr weg.

Missy beugte sich vor. „Bist du okay? Wir können gehen, wenn du willst. Im Ernst, wir wurden gesehen, wir können verschwinden."

Maggie schüttelte heftig den Kopf. Sie wollte nur den verdammten Abend hinter sich bringen, um in ihr Bett zu kriechen und sich zusammenzurollen, aber sie weigerte sich, Schwäche zu zeigen.

Am Tisch ganz vorn erhob sich ein älterer Mann in einem Anzug, dessen Jackett eine Anstecknadel mit dem Logo der Spiele zierte. Er räusperte sich, und im Raum wurde es still.

„Die Arktischen Wolfsspiele werden in drei Tagen in Skagway, Alaska eröffnet. Die anderen Teams wurden bereits ausgewählt und sind auf dem Weg zur ersten Herausforderung. Der Captain des Vier-Wolf-Teams des Granite-Lake-Rudels wird zuerst aus einem Pool von zehn Kandidaten ausgewählt, die von Ihrem Alpha eingereicht wurden. Die anderen drei Plätze werden per Zufallsauswahl besetzt. Wie immer sind bei den Wettkämpfen sowohl körperliche als auch geistige Fähigkeiten gefragt, sodass Kraft und Schnelligkeit nicht die einzigen Fähigkeiten sind, die berücksichtigt werden.

Jedes Rudelmitglied über zwanzig ist teilnahmeberechtigt. Ihr Alpha hat bereits die Namen derjenigen Mitglieder aus der Auswahl genommen, die aus dem einen oder anderen Grund nicht in der Lage sind, an den Spielen teilzunehmen. Darunter offensichtlich ihr Omega."

„Ja, weil sie allen in den Hintern treten würde!", rief irgendein Schlaumeier hinten, und der Raum brüllte vor Lachen.

Maggie schlang die Arme um sich, um zu verhindern, dass ihre Glieder zitterten. Es war zu laut, zu viele Leute – einfach zu viel von allem. Sie warf einen Blick nach rechts, und ihre Finger brannten darauf, Eriks Hand wieder zu ergreifen.

Er erwiderte ihren Blick und ergriff ihre Hand, um ihre sich drehende Welt zu verankern.

Der Vorsitzende steckte die Hand in den Beutel, zog ein Papier heraus und hielt es hoch. Mit großem Pomp faltete er es auseinander und beugte sich über das Mikrofon. „Der erste Teilnehmer und Mannschaftskapitän von Granite Lake ist – Erik Costanov."

Begeisterte Rufe hallten durch den Saal. Erik drückte für einen Moment ihre Finger, bevor er sie losließ, um aufzustehen und den Rudelmitgliedern zuzuwinken, die alle jubelten und klatschten.

„Verdammt richtig. Endlich haben wir eine Chance, dieses Ding zu gewinnen."

Maggie sah ihre Schwester verwirrt an.

„Granite Lake hat noch nie gewonnen. Sie haben es noch nicht einmal aufs Siegertreppchen geschafft. Da die Teams per Zufallslotterie ausgewählt werden, gab es in den meisten Jahren ein oder zwei Teams, die richtig Glück hatten. Sieht so aus, als wären diesmal wir dran. Das ist fantastisch."

Etwas in Maggies Seele wurde kalt. Sie war vielleicht nicht bereit, Erik als ihren Gefährten zu akzeptieren, aber aus purem Egoismus wollte sie ihn in ihrer Nähe haben. „Wird er lange weg sein?"

Missy schüttelte den Kopf. „Die Spiele selbst dauern zehn Tage. Du kannst aber jederzeit als Zuschauer dabei sein." Sie lächelte und berührte sanft Maggies Arm.

„Denkst du, dass du ihn vermissen wirst? Das ist ein gutes Zeichen."

Maggie schauderte. „Ich werde nicht eine Woche lang mit mehr als hundert Wölfen rumhängen. Heute Abend ist schon schlimm genug, und es ist nur erträglich, weil du hier bist."

„Und Erik. Sei ehrlich."

Verdammt, ja. Ihre Schwester war eine Nervensäge. „Also gut, ja. Es ist leichter, wenn er neben mir ist."

Unterhaltungen dominierten den Saal, während Erik mit dem Auswahlvorsitzenden plauderte. Er lächelte sie quer durch den Raum an, als wäre sie das Einzige, was ihn interessierte.

Vielleicht ... würde ... das klappen. Irgendwann. Sie wusste jetzt, dass sie ihren Wolf nicht verleugnen sollte, und der Drang, mit Erik zusammenzukommen, wurde von Minute zu Minute stärker.

Wenn sie nur nicht das Gefühl hätte, sich übergeben zu müssen, wenn sie auch nur den Blick über all die Leute im Saal schweifen ließ.

Der Vorsitzende machte sich wieder an die Auswahl und zog einen weiteren Namen aus einem größeren Beutel. Mit einem lauten Schrei machte ein Mann Ende zwanzig einen Luftsprung und hob triumphierend die Hände über den Kopf. Er kam nach vorn und nahm sich Zeit, stehenzubleiben und einem hübschen Mädchen ganz vorn im Saal einen Kuss zu geben.

Missy beugte sich wieder vor und flüsterte lachend. „Oh mein Gott, das ist Jared Gilliland. Wenn es bei den Spielen eine Kategorie gibt, Mädchen ins Höschen zu kommen, ist uns der Sieg sicher."

Anstatt zu beobachten, was bei der Auswahl passierte, war Maggie mehr darauf bedacht, Erik im Auge zu behalten. Er schüttelte seinem neuen Teamkollegen die Hand und trat dann zurück, wobei sein Blick erneut ihrem begegnete und sie von der anderen Seite des Raumes beruhigte.

Er war für sie da. Konnte sie das glauben? Ihr ganzes Leben lang hatte man ihr beigebracht, dass ihr Wolf ein wichtiger Teil von ihr war, nicht etwas, das sie verleugnen konnte. Sie hatte diese Lektion zu ihrem eigenen Nachteil in Frage gestellt.

Vielleicht hatte Missy mit ihren liebevoll gehaltenen Vorträgen in den letzten zwei Jahren recht gehabt. Vielleicht war es an der Zeit, ihr Leben weiterzuleben.

Gedankenverloren hörte sie kaum, wie der Vorsitzende den nächsten Namen rief.

„Margaret Raynor."

Entsetzen regte sich und schnürte ihr die Kehle zu. „Ich kann nicht –"

Ihre Stimme war das Gespenst eines Flüsterns. Verwirrte Fragen hallten durch den Raum.

„Margaret wer?"

„Ist sie überhaupt teilnahmeberechtigt?"

Der Alpha stand auf und hob eine Hand. Das Chaos verstummte, als Kyle den Blick über den Raum schweifen ließ. „Sie ist teilnahmeberechtigt. Maggie hat sich vor zwei Jahren offiziell dem Rudel angeschlossen, als ihre Schwester Omega des Granite-Lake-Rudels geworden ist. Ich habe kein Problem mit ihrer Ernennung zur Vertreterin unseres Rudels."

Kyles Blick blieb fest auf sie gerichtet. Sein Lächeln konnte die Schmetterlinge, die in ihrem Bauch Rückwärtssaltos machten, kaum beruhigen. Sie mochte die Aufmerksamkeit eines Alpha nicht, ganz gleich, was ihre Schwester über diesen Mann sagte.

Das Rudel verstummte bei Kyles Worten, und alle aßen und unterhielten sich weiter. Sie konnte das nicht. Sie würde alles für alle anderen ruinieren, und die Spiele waren wichtig.

Als sie sich entschuldigte und sich auf den Weg zu Erik machte, wurden ihr mehr als nur ein paar neugierige Blicke zugeworfen. „Ich muss mit dir reden."

Die Freude in seinen Augen angesichts ihrer Bitte schmerzte. Sie wollte nicht diejenige sein, die diesen besonderen Tag ruinierte. Sie zog ihn an einen Tisch in der Ecke des Saals. Er ging neben ihr in die Hocke, sodass ihre Köpfe fast auf gleicher Höhe waren.

Oh Scheiße, würde sie es ihm wirklich sagen? Sie musste. Sie packte ihn am Kragen und brachte ihre Lippen ganz nah an sein Ohr, um ihr Geständnis abzulegen.

„Ich kann nicht wandeln."

Er hatte seine Arme um sie gelegt, ohne dass sie es überhaupt bemerkt hatte. Jetzt drückten seine sie Hände fester, wo sie ihre Taille hielten. „Was?"

Sie rang mit sich, es auszusprechen, bevor sie den Mut verlor und einfach vor der beengten und überwältigenden Atmosphäre des Saals davonlief. „Einige der Herausforderungen müssen in Wolfsgestalt gemeistert werden, oder? Ich kann nicht wandeln. Ich habe es seit über sieben Jahren nicht mehr getan."

Erik starrte sie einen Moment lang an, bevor er sie an sich drückte und ihre Körper sich berührten.

„Danke, dass du es mir gesagt hast." Er küsste sie sanft auf die Stirn. „Mach dir darüber keine Sorgen."

Maggie starrte ihn an. „Aber ... hast du gehört, was ich gesagt habe? Ich kann nicht wandeln. Wir werden automatisch jede Herausforderung verlieren, bei der wir alle Wölfe sein müssen. Ich brauche kein Rudel, das wütend auf mich ist. Ich muss ablehnen oder was auch immer."

Er schüttelte den Kopf. „Du kannst nicht ablehnen. Wenn du zurücktrittst, konkurrieren wir mit nur drei. Es sind keine Ersatznominierungen erlaubt. Was den Rest angeht, musst du mir vertrauen. Erinnerst du dich an die Gefährten-Sache? Wir sind ein Paar, und es gibt keine Herausforderung, die wir nicht gemeinsam bewältigen können."

Seine aufrichtige und direkte Antwort machte etwas mit dem Eisblock, der ihr Herz einschloss. Maggie streckte die Hand aus, klammerte sich wieder an seinen Kragen und zog seine Lippen an ihre.

Sie brauchte ihn. Leidenschaft und Verlangen erschütterten ihren Körper. Außerdem fühlte sie sich sicher. Geliebt. Seine Finger vergruben sich in ihrem Haar, als er ihren Kopf zur Seite neigte, seine Zunge streichelte ihre Lippen, ihre Zähne, den Gaumen ihres Mundes. Sie hielten sich in der Ecke des Saals umschlungen, und sie nahm nichts anderes wahr als das tosende Feuer, das über sie fegte.

Die Menge brauste auf. Eine Mischung aus Gelächter, Buh-Rufen und Stöhnen.

Maggie richtete sich auf und wand sich. Der Lärm, so überwältigend und laut, machte ihr Angst, und sie klammerte sich an seine Unterarme, selbst als Erik sie losließ. Er legte für einen Moment eine Hand an ihre Wange, bevor er sie zu ihrem anderen Teamkollegen führte und sie sicher in seinem Arm hielt. „Was ist los?"

Der Vorsitzende schnaubte. „Haben Sie die Auswahl des letzten Mitglieds Ihres Teams nicht gehört?"

Erik warf einen Blick auf Maggie und schmunzelte. „Nein. Ich war ein bisschen abgelenkt."

Ein langbeiniger junger Mann kam auf sie zu. Maggie runzelte die Stirn. Er schien kaum alt genug zu sein, um an den Spielen teilzunehmen, obwohl die Ähnlichkeit mit dem Rudel-Alpha geradezu unheimlich war. Das war also der jüngere Bruder, von dem sie gehört hatte.

„TJ?"

Der schlaksige junge Mann hielt beide Daumen in die Höhe. „Hey, Großer. Lass uns dieses Ding gewinnen!" Er streckte die Hand aus, um Erik ein High Five zu geben, und stolperte dabei über seine eigenen Füße.

5

———

Der Wind nahm zu, als sie den natürlichen Hafen von Haines hinter sich ließen und sich auf die 45-minütige Fahrt mit der Fähre nach Skagway begaben. Erik lehnte sich an die Reling und beobachtete Maggie aus dem Augenwinkel. Sie saß allein, abseits der anderen, die zu den Spielen reisten und lachten und herumalberten.

Er war in den letzten zwei Tagen beschäftigt gewesen. Nicht so beschäftigt, dass er sich keine Zeit für sie hätte nehmen können. Verdammt, er wollte nur Zeit mit ihr verbringen, aber sie hatte um Raum gebeten, um sich auf den Wettbewerb vorzubereiten. Er hatte ihn ihr gegeben.

Jetzt fragte er sich, ob es die richtige Entscheidung gewesen war. Die süßen Küsse, die sie ihm gegeben hatte, hatten seinen Motor auf Touren gebracht und in ihm den Wunsch geweckt, sie rund um die Uhr bei sich haben zu wollen – in seinem Bett und in seinem Leben. Jetzt hielt sie sich zurück. Sie wahrte Abstand zu ihm und hielt an ihrer Angst fest wie an einer Rüstung.

Seltsam, wie schnell sich seine Perspektive verändert hatte. Bis letzte Woche war das Wichtigste in seinem Leben seine Rolle als Beta des Rudels und seine Freundschaften mit Kyle und Tad gewesen. Sein Job? Der war schon immer eine Erweiterung seines Wunsches gewesen, für andere da zu sein. Er hatte sich schon vor langer Zeit mit seinen Dämonen auseinandergesetzt, und sein Leben war wunderbar gelaufen.

Bis Maggie aufgetaucht war.

Für ihre zierliche Statur war sie ein Haufen Ärger. Sie war heiß und dann kalt, und beides machte ihn wahnsinnig. Nicht nur die Gefährtenbindung zog ihn zu ihr hin, er war es auch gewohnt, die Schwachen zu beschützen.

Wenn sie sich umsah, wie sie es jetzt tat, mit Angst in ihren hübschen blauen Augen, konnte er sich kaum davon abhalten, sie in den Arm zu nehmen und zu versuchen, all ihre Traurigkeit verschwinden zu lassen.

Dann legte sie einen Schalter um und wurde tough und stark, und auch diese Seite von ihr war ausgesprochen attraktiv. Beide waren starke Wölfe, und die Versuchung, zu sehen, wie stark sie sein konnte, reizte ihn.

Sex zwischen ihnen würde rocken, wenn sie an dem kleinen Problem vorbeikommen könnten, dass sie jedes Mal erstarrte, wenn er in ihre Nähe kam.

Die Rudelmitglieder gingen weiter das Deck hinunter und ließen freie Bahn zwischen Maggie und ihm. Er freute sich, als sie aufstand und auf ihn zukam. Er öffnete seine Jacke, um ihr Schutz vor dem Wind anzubieten. Sie schwankte, ihre Augen weiteten sich, als sie sich die Lippen benetzte.

Sein Körper verhärtete sich.

Sie trat einen Schritt zurück und schüttelte den Kopf. „Tu das nicht. Nicht jetzt. Ich schaffe es so schon kaum, mich zusammenzureißen."

Er zuckte mit den Schultern. „Ich dachte nur, ich könnte dich ein bisschen wärmen."

Sie vergrub die Hände in ihren Taschen und starrte in den Himmel. „Wir müssen über diese ganze Situation reden. Wie sollen wir die Wettbewerbe überstehen? Ich kann nicht wandeln, und ich will nicht wirklich in der Nähe all dieser Wölfe sein."

„Wenn wir den Wettbewerb erst einmal angefangen haben, wird es nicht so schlimm sein. Normalerweise fangen die Veranstaltungen zeitlich versetzt an, je nachdem, was es ist. Du wirst nur mich, Jared und TJ um dich haben."

Sie senkte den Kopf, und er hielt den Atem an. Die blauen Teiche waren voller Tränen. „Ich will das nicht machen. Nichts davon. Ich wünschte, ich könnte einfach nach Hause gehen."

Scheiß auf Geduld. Erik trat auf sie zu und nahm sie in seine Arme. Er hielt sie fest, streichelte ihren Rücken und versuchte, die harten Muskeln ihrer Schultern zu lockern. Welche Last auch immer sie trug, sie machte ihn verrückt.

„Ich weiß, du willst nicht, dass ich das sage, aber, Sweetheart, du bist zu Hause."

Maggie drückte sich von ihm weg, bis sie ihm in die Augen sehen konnte. „Ich habe Angst."

„Das sehe ich. Aber du bist auch sehr stark. Und du bist nicht allein. Ich werde tun, was ich kann, um dir zu helfen. Wovor auch immer du Angst hast, wir müssen uns leider irgendwann damit auseinandersetzen. Um die Sache mit deinem Wolf werde ich mich kümmern. Vertrau mir."

„Dir vertrauen? Natürlich." Sie zog sich zurück, die Arme vor der Brust verschränkt. Sie starrte ihn böse an. „Diese Gefährtensache ist wirklich scheiße, weißt du? Denn so sehr ich mich auch verstecken will, kann ich nicht anders, als mit dir zusammen sein zu wollen, und das ist einer der Gründe, warum ich Angst habe."

Erik runzelte die Stirn. „Warum macht es dir Angst, mit mir zusammen zu sein?"

Maggie zögerte.

Oh Scheiße. „Liegt es daran, dass ich so groß bin?"

Sie senkte den Blick.

Großartig. Ein weiteres Beispiel für Vorurteile auf den ersten Blick. Er hatte es von seiner Gefährtin nicht erwartet, und es tat mehr weh, als er gedacht hatte. Er wandte sich ab, um auf das Wasser zu blicken. Die Dämonen waren tief vergraben, doch offensichtlich nicht so ganz verschwunden, wie er sich eingeredet hatte. Ihre Meinung war ihm wichtig.

Eine sanfte Berührung seines Ärmels erregte seine Aufmerksamkeit. Er sah in ihr sanftes Gesicht. „Es ist nicht deine Größe. Um die Wahrheit zu sagen, ich bin irgendwie ... davon angezogen, wie groß du bist." Sie errötete, und er hüstelte. *Oh ja?* Sie fuhr eilig fort. „Wovor ich Angst habe, ist, dass du den Wolf raushängen lässt und überfürsorglich bist. Das brauche ich nicht. Ich kann auf mich selbst aufpassen."

Er zuckte mit den Schultern. „Dann werde ich nicht He-Man für dich spielen."

„Ach ja? Du kannst deinen Wolf so gut kontrollieren, dass du niemanden verletzen wirst, der mich berührt?" Sie entfernte sich von ihm und lehnte sich mit dem Rücken an die Außenwand der Kabine.

Dieses Gespräch wurde von Sekunde zu Sekunde verwirrender. „Wovon redest du?"

„Ich habe es gesehen. Im Whistler-Rudel hat es einen Vorfall gegeben. Sag mir, es würde dich nicht wütend machen, wenn ich ... jemanden umarme. Oder ihn küsse."

Heilige Scheiße!. Missy hatte ihnen ein paar Geschichten über ihre Zeit in ihrem alten Rudel erzählt, doch es gab offensichtlich tiefersitzende Probleme, als ihm bewusst gewesen war.

Er trat zu ihr und ging in die Hocke, um ihre Hände in seine zu nehmen und sie zwischen seinen Handflächen zu wärmen. „Das würde mir nicht gefallen, aber ich kann mich verantwortungsvoll verhalten. Ich glaube nicht, dass meine Reaktion wilder wäre als die eines typischen Menschenmannes. Ich habe Kontrolle. Ich habe hart daran gearbeitet."

„Wirklich?"

Er nickte. „Wirklich. Der Größte zu sein bedeutet, dass es immer jemanden gibt, der beweisen will, wie tough er ist, indem er es mit mir aufnimmt. Ich halte Gewalt nicht für das Mittel der Wahl."

Sie starrte ihn lange an, ein neugieriger Ausdruck in ihren Augen. Eine Schar lauter Touristen strömte an Deck, und sie kniff die Augen zusammen, und ihr Gesicht wurde rot.

Was ging in ihrem Kopf vor?

Maggie ging langsam auf die Leute zu und warf einen Blick über die Schulter, als wollte sie sich versichern, dass er zusah. Sie tippte einem der jungen Männer in der Gruppe auf die Schulter und lächelte ihn süß an, bevor sie etwas sagte. Der Mann zuckte mit den Schultern.

Sie spähte noch einmal über die Schulter und packte dann den Fremden. Die ganze Gruppe begann laut zu tuscheln, als sie ihm einen Kuss auf die Lippen drückte, bevor sie ihn losließ und zurück zu Erik schlenderte.

Er zählte seinen Puls. Analysierte seine Stimmung. Beides schien normal zu sein, und der spöttische Blick in ihren Augen belustigte ihn nur. Okay, das war interessant.

Sein Wolf kicherte sogar, als er den Humor in dem sah, was sie versucht hatte.

Zufriedenheit überkam ihn. Er hatte das wirklich unter Kontrolle.

Jetzt musste er sich nur noch damit auseinandersetzen, dass sie ihn unterschätzte.

Er hob ihr Kinn mit seinem Finger an, damit sich ihre Blicke trafen. „Was glaubst du, was das bewiesen hat?" Sie kaute auf ihrer Unterlippe, eine Falte bildete sich zwischen ihren Augen. Ahh, er hatte nicht so reagiert, wie sie erwartet hatte. „Soll ich ihn schlagen? Okay."

„Erik, warte. Ich bin –" Sie ergriff seine Hand. Er tätschelte zärtlich ihre Finger, bevor er ihre Hand losließ. Er ging zu der verwirrten Gruppe hinüber, und seine Belustigung wuchs von Sekunde zu Sekunde.

Die Männer sprachen Russisch, und er verstand sie ohne Probleme.

„Was war das denn, Dmitri?"

„Ich weiß es nicht, aber ich glaube, ich mag amerikanische Mädchen."

Erik streckte seine Hand aus und sprach mit ihnen in ihrer eigenen Sprache.

„Hallo. Ich bin Erik Costanov. Tut mir leid, dass meine Frau sich einen Scherz mit dir erlaubt hat. Hast du einen schönen Urlaub in Alaska?"

Er unterhielt sich eine Weile mit der Gruppe, während die jungen Männer von den Sehenswürdigkeiten erzählten, die sie auf ihrer Kreuzfahrt durch die Inside Passage gesehen hatten. Er gab ihnen ein paar Empfehlungen für Restaurants in Skagway und Anchorage. Mit begeistertem Schulterklopfen und viel Gelächter verabschiedete sich Erik und kehrte zu Maggie zurück, die auf der Treppe saß.

Sie schnaubte und rutschte ein Stück, um ihm neben

sich Platz zu machen. Sie saßen eine Weile schweigend da, bevor sie ihm ihr gerötetes Gesicht zuwandte.

„Ich wusste nicht, dass du Russisch sprichst.“

„Es gibt eine Menge Dinge, die du nicht über mich weißt.“ Ihr Duft stieg auf und kitzelte seine Nase, und er holte tief Luft, um ihn für später aufzubewahren. Er konnte es kaum erwarten, mit ihr in seinen Armen schlafen zu können.

Sie sprach leise. „Du siehst einfach nicht wie der Typ aus.“

„Schein trügt. Du scheinst zum Beispiel nicht der Typ zu sein, der schnell eifersüchtig wird, aber ich wette, wenn ich das tun würde, was du gerade getan hast, würde es deinem Wolf nicht gefallen.“

Sie richtete sich auf, und ein leises Knurren kam von ihren Lippen.

Sie hatte seinen Verdacht bestätigt. Ihr Wolf war da und versteckte sich nur. Er musste darüber nachdenken, wie er sie davon überzeugen konnte, ihm zu vertrauen, damit sie ihr Tier zurück an die Oberfläche locken konnten. Nach sieben Jahren könnte es schwierig werden.

Maggie nickte langsam, dann huschte ein schelmischer Ausdruck über ihr Gesicht. „Na ja, vielleicht, vielleicht auch nicht. Ich sag’ dir was, du küsst diesen Typen, und wir werden sehen, was passiert.“

Er lachte mit ihr. Der Sieg war groß genug. Ein weiterer ihrer Abwehrmechanismen hatte sich verabschiedet, und als sie sich bereitwillig an seine Seite lehnte, wurde seine Welt ein wenig wärmer.

～

MAGGIE NAHM DEN RUCKSACK, fummelte an den Gurten herum und stellte sie zum wiederholten Mal ein. Am Rucksack war jedoch nichts auszusetzen. Die ganze Situation verursachte ihr Gänsehaut.

„Bist du bereit?"

Sie quietschte und ließ den Rucksack fallen. Wie zum Teufel er es schaffte, sich an sie heranzuschleichen, obwohl er so riesig war, konnte Maggie nicht verstehen.

Sie nickte und ergriff seine Hand, um ihn daran zu hindern, sich abzuwenden. „Ich habe Angst, wieder ohnmächtig zu werden. Was, wenn ich während der Wanderung eine Reaktion habe und –"

„Es gibt Sanis, die Hilfe leisten, wenn jemand verletzt wird. Das hier ist kein Krieg, in dem wir erwarten, dass du auf dem Schlachtfeld stirbst." Er rieb mit seinem Daumen einen Kreis auf ihrer Handfläche, und eine Hitzewelle lief ihr über den Rücken. „Du hattest seit dem Bankett keine Probleme mehr, oder?"

Maggie dachte einen Moment nach. Er hatte recht. Ihr letzter Schwindelanfall war in Whitehorse gewesen. In den letzten paar Tagen, als sie bei ihrer Schwester gewesen war und sich auf die Spiele vorbereitet hatte, hatte sie sich gut gefühlt. Sie fühlte sich so energiegeladen und gesund wie schon lange nicht mehr.

„Ich fühle –" Der Ausdruck in seinen Augen saugte die Wahrheit von ihren Lippen. „Ich fühle mich großartig."

Er zwinkerte ihr zu. „Ich frage mich, ob es was mit dem Zusammensein mit anderen Wölfen zu tun hat, wie deine Schwester vorgeschlagen hatte?"

Oh Scheiße, auf keinen Fall. Sie blickte um ihn herum und betrachtete die anderen, die in Gruppen dastanden und darauf warteten, mit der ersten Veranstaltung zu beginnen. Die Teams aus Whitehorse und Dänemark waren schon unterwegs. Das Tombstone-Rudel stand an der Startlinie und war bereit für den gestaffelten Start.

„Ich will dem Team einfach keinen Ärger machen. Für alle Fälle habe ich meine Pillen dabei, aber so schnell werde ich diese Wanderung nicht schaffen. Ich hoffe, ich enttäusche dich nicht."

Er verschränkte für einen Moment die Arme und lehnte seinen Oberkörper von ihr weg. Es war unmöglich, die Masse seiner Arme und den Bizeps unter seinem T-Shirt nicht zu bewundern. „Hier geht es nicht um Geschwindigkeit. Wir müssen auf dem Weg Rätsel lösen. Ich gehe davon aus, dass du ganz gut mithalten und eine große Hilfe dabei sein wirst, dieses Event zu gewinnen."

Er sprach mit solcher Überzeugung, dass ihre Angst tatsächlich ein wenig nachließ.

Erik gab den anderen ein Zeichen. „Kommt, Team, schauen wir uns noch einmal die Anweisungen an. Wir haben noch eine halbe Stunde bis zu unserem Start."

Sie versammelten sich mit dem Rücken zu den Bäumen am Rand der Lichtung. Vor ihnen erstreckte sich die Dyea-Ebene bis zum Meer. Die Luft am frühen Nachmittag war warm und versprach, sich in ein paar Stunden schön aufzuheizen.

Erik breitete die Karte zu ihren Füßen aus und zeichnete die Route nach, der sie folgen würden. Sie war froh zu sehen, dass das erste Drittel der Wanderung durch den Wald führen würde.

„Drei Tage ist die maximal vorgesehene Zeit, um die dreiunddreißig Meilen bis zum Bennett Lake zurückzulegen. Das ist eine gute, solide Wanderung, kein Sprint. Wir werden schneller sein als die Siedler während des Goldrauschs, müssen aber auch nicht so viel Ausrüstung mitnehmen. Wir müssen den Kontrollpunkt jedoch nicht nur rechtzeitig erreichen, sondern auch eine Reihe von Hinweisen finden. Einige davon werden später in den anderen Herausforderungen der Spiele verwendet."

„Was ist, wenn wir nicht alle finden?", fragte TJ.

„Wenn ein oder zwei fehlen, haben wir eine Chance. Wenn mehr fehlen, wird es schwierig, die letzte Herausforderung zu gewinnen. Also nochmal, das hier ist kein Sprint. Wir werden zwei Nächte campen, und es ist mir wirklich egal, ob andere Teams an uns vorbeiziehen." Er zwinkerte Maggie zu. „Es ist kein Rennen, auch wenn einige der anderen Teams versuchen werden, euch das einzureden. Das hier ist die Voraussetzung für spätere Veranstaltungen. Wir müssen nur ans Ziel kommen."

Er holte die Liste mit den Anweisungen zu den Rätseln heraus und breitete sie neben der Karte am Boden aus. Jared beugte sich etwas zu nah vor, und Maggie zog sich zurück und wich in die Sicherheit von Eriks Seite zurück.

Er veränderte kaum merklich seine Position, drückte sie an seinen Körper, und sie entspannte sich. Warum musste er sich so gut anfühlen?

Sie blickte auf die seltsamen Karten. Höhenlinien, Höhenmarkierungen, sonst nicht viel. „Sie haben keine GPS-Wegpunkte angegeben, oder?"

Er schüttelte den Kopf. „Wir müssen das auf die altmodische Art und Weise machen, nur mit Kompass und unserer Nase. Für diese Herausforderung reist einer aus dem Team in Wolfsgestalt. Er kann nachts wandeln, aber während er auf dem Wanderweg ist und nach Hinweisen sucht, muss derjenige in Tiergestalt sein."

Maggies Kehle schnürte sich zu, und es fiel ihr schwer zu atmen. Einer von ihnen würde sich in einen Wolf verwandeln. Sie würde in der Nähe eines Wolfes sein müssen.

Sie würde sterben.

Ohne ein Wort zu sagen, streichelte Erik ihr den Rücken, eine langsame, beruhigende Bewegung. Sie schloss die Augen und konzentrierte sich auf das Gefühl seiner Hand anstatt auf die nagende Angst in ihrem Bauch.

TJ fluchte, als sein Fuß den Rand des Papiers berührte und es zerriss. „Verdammt, tut mir leid. Hör zu, ich würde mich gern freiwillig melden, derjenige zu sein, der in Wolfsgestalt geht." Er schlang seine langen Arme um seine Beine und versuchte zu vermeiden, irgendetwas in seiner Nähe zu berühren. „Ich weiß, dass ich einen schlechten Ruf habe, aber ich bin in der Lage, meinen Beitrag zu leisten, besonders wenn ich die meiste Zeit der Spiele in Wolfsgestalt bleiben kann. Es ist nur meine menschliche Gestalt, die in Sachen Koordination scheiße ist."

Zum ersten Mal betrachtete Maggie ihn genauer. Er war so dunkel wie sein Bruder, der Alpha, aber bei Weitem nicht so muskulös. Lange Gliedmaßen, kantiger Kiefer. TJ war ein ziemlich gutaussehender Junge, er schien nur nie zur richtigen Zeit am richtigen Ort zu sein. Auf seinem Hemd war ein dunkler Fleck, und sie hatte gesehen, wie jemand gegen ihn gestoßen war und seine mit Ketchup getränkten Pommes an seinem Hemd klebengeblieben waren.

Erik nickte. „Ich habe gehofft, dass du dich freiwillig meldest, aber nicht, weil ich vorhabe, dich die ganze Zeit als Wolf gehen zu lassen. Du hast einen großartigen Geruchssinn und den brauchen wir für diese Herausforderung." TJ strahlte, und seine Gliedmaßen zuckten vor Begeisterung. Erik zog die Karte gerade noch rechtzeitig außer Reichweite und lachte. „Deine Koordination wird besser werden. Du musst noch ein bisschen erwachsen werden, das ist alles."

Der zufriedene Ausdruck in TJs Augen ließ Maggie einige ihrer eigenen Ängste vergessen. Jedes Mal, wenn jemand in den letzten paar Tagen TJs Namen erwähnt hatte, war er als Tollpatsch bezeichnet worden, ob er nun in der Nähe gewesen war oder nicht.

Plötzlich war sie um seinetwillen empört darüber. Was war das für ein Mist?

„Du willst einfach keinen Rucksack tragen." Jared stieß TJ in die Rippen, und die beiden fielen zu Boden, um eine Minute lang wie Welpen zu ringen.

Ein Ziehen an ihrem Ärmel erregte ihre Aufmerksamkeit, und sie folgte Erik ein paar Schritte zur Seite.

„Ich werde TJ jetzt bitten, zu wandeln. Ist das okay für dich?"

Woher wusste er das? „Das ... muss es wohl sein, nicht wahr?"

Er trat näher und sprach leise, nur für ihre Ohren. „Glaubst du, mir ist nicht aufgefallen, dass du jedes Mal angespannt warst, wenn jemand aus den anderen Teams gewandelt hat? Ich glaube nicht, dass es daran liegt, dass dir ihre Nacktheit peinlich wäre."

„Na ja, da war dieser eine Typ –"

„Nicht." Er küsste ihre Nase, und sie wurde innerlich ganz weich und schmolz. Drei Tage mit ihm wandern. Es würde Himmel und Hölle sein.

Oh nein, sie würden campen. Wie sollte sie ihm abends aus dem Weg gehen? Es vermeiden, der Anziehung zwischen ihnen nachzugeben, die von Minute zu Minute stärker wurde? Es war eine Sache zu sagen, dass sie keinen Gefährten haben wollte, eine andere, bei ihrer Meinung zu bleiben.

TJ zog seine Kleider aus, faltete sie ordentlich

zusammen und steckte alles in einen der drei Rucksäcke, die in der Nähe warteten. Maggie bewunderte seinen muskulösen Körper. In menschlicher Gestalt hatte er vielleicht zwei linke Füße, aber insgesamt war er ein ziemlich attraktiver Tollpatsch.

Ein leises Knurren von links lenkte sie ab, und als sie sich umdrehte, sah sie, wie Erik sie mit hochgezogener Augenbraue anstarrte. „Hast du genug gesehen? Oder willst du, dass er eine Pirouette macht?"

Du meine Güte! „Bist du eifersüchtig?"

„Ja." Die Wärme, die er zuvor geweckt hatte, steigerte sich zu sengender Hitze. „Ich möchte, dass du mich so ansiehst, nicht TJ. Ich möchte in deinen Augen Bewunderung für mich sehen – für deinen Gefährten. Das heißt nicht, dass ich einen auf Rambo machen und ihm den Hintern versohlen werde, aber ich würde mich freuen, wenn du aufhören würdest, vor mir anderen hinterherzusabbern."

Maggie trat ganz nah an ihn heran, schlang ihre Arme um seinen Oberkörper und drückte ihn so fest sie konnte.

„Tut mir leid. Ich wollte dich nicht verletzen." Ihr sofortiges Bedürfnis, ihn zu trösten, verwirrte sie. In seinen Armen zu liegen befriedigte etwas tief in ihrem Inneren. Es brachte ihren Wolf zum Knurren, leise und sehnsüchtig.

Er streichelte mit einer Hand über ihren Rücken, die Finger der anderen Hand strichen durch ihr Haar. Er hielt sie eine Minute lang fest, ihre Herzschläge synchronisierten sich langsam, und es fühlte sich so verdammt gut an, dass sie fast vergaß, wo sie waren.

„Es ist okay. Entschuldigung angenommen. Er ist ein gutaussehender Junge und ein noch besser aussehender Wolf. Bereit, ihn zu kennenzulernen?"

Sie erstarrte. TJ hatte sich gewandelt. Hatte Erik sie absichtlich abgelenkt?

Sie vergrub die Finger in seinem Hemd und blickte über ihre Schulter. TJ saß da, seine Zunge hing heraus, während er in der Hitze der Mittagssonne hechelte. Sein silbergraues Fell glänzte, seine Augen leuchteten, und seine Nase zuckte, als er die Luft schnupperte.

Sie erinnerte sich noch einmal daran, dass es TJ war. Sie waren in der Öffentlichkeit. Erik war in der Nähe. „Er ist ein g-gutaussehender Wolf ... nicht wahr?"

Sie konnte das. Nur würde sie es nicht allein tun. Sie packte Erik und zog ihn mit sich, als sie sich dem Wolf näherte. Sie streckte ihre Hand aus, die Handfläche nach oben, wie man es mit einem fremden Hund tun würde.

„Was zum ...?", murmelte Jared.

„Lass sie in Ruhe!", befahl Erik. Er ging neben ihr in die Hocke und fuhr mit seiner freien Hand über TJs Flanke. Maggie schien ihm das Blut aus der anderen Hand pressen zu wollen.

TJ neigte verwirrt den Kopf, bevor er an ihrer Handfläche schnupperte. Seine nasse Nase streifte ihre Haut, und eine Gänsehaut breitete sich über ihren ganzen Körper aus. Er leckte ihre Finger und ließ sich dann zu ihren Füßen auf den Bauch fallen.

Und rollte herum.

Ihr Wolf heulte vor Freude und wollte die Kontrolle übernehmen und sich befreien. Eine Welle von Schwindel erfasste sie.

Erik hielt sie fester, und er richtete sich auf, um sie zu stützen. „Bist du okay?"

Wildnis. Sternenhimmel. Kühles Bergwasser. Der Wind in ihrem Fell. Maggie sehnte sich nach all den Dingen, die sie so lange vermisst hatte. Wieder stieß ihr

Wolf an die Oberfläche, was ihr Blut zum Singen brachte und den Knoten in ihrem Bauch noch ein bisschen weiter lockerte.

Sie schüttelte Eriks stützende Arme ab und streckte ihre nach TJ aus, berührte seine Brust und ließ ihre Finger über das borstigere Fell seiner Schnauze gleiten. Sie holte tief Luft und nahm den Duft eines Wolfes wahr, der seine Unterwürfigkeit zeigte. Es fühlte sich gut an. Oh, so sehr gut.

„Granit Lake. Ihr seid in zehn Minuten dran. Ihr könnt euren Platz an der Startlinie einnehmen." Der Spielleiter ging an ihnen vorbei und zurück zum Bereich der Offiziellen.

TJ rappelte sich auf seine Pfoten auf. Erik lächelte sie an, als er ihr aufhalf. Er hielt ihre Hände fest. „Sind wir bereit?"

Er meinte nicht den Wettkampf. Maggie straffte die Schultern und ließ die Freude in ihrem Inneren ein bisschen durchscheinen, als sie nickte.

Zum ersten Mal seit Jahren hatte sie das Gefühl, dass es wirklich Hoffnung gab.

6

———

Maggie atmete noch einmal tief die frische Bergluft ein, bevor sie schnell aufholte. Erik ging mit TJ vor ihnen her. Sie war überrascht, dass sie die Gelegenheit genoss, Jared besser kennenzulernen.

„Du lebst schon lange im Norden?"

Jared kletterte über einen umgestürzten Baumstamm, der den Weg blockierte, und drehte sich dann um, um ihr zu helfen. Der Weg war in gutem Zustand, nur nicht für Leute mit kurzen Beinen.

„Mein ganzes Leben. Ich habe schon immer zum Granite-Lake-Rudel gehört. Ich sage dir, in den letzten Jahren hat sich wirklich viel verändert. Seitdem Kyle und Erik die Leitung übernommen haben, hat sich alles deutlich gebessert."

Er ließ sie wieder herunter und bedeutete ihr dann, vor ihm zu gehen.

„Was meinst du mit *gebessert*?"

„Der alte Alpha und seine Leute haben sich nie um Sachen wie die Spiele gekümmert. Das war unter ihrer Würde. Es sind aber nicht nur besondere Events wie dieses.

Mann, manchmal ist es schwierig, in Haines einen Job zu finden, aber Erik und Kyle haben alles so arrangiert, dass für niemanden aus dem Rudel die Gefahr besteht, arbeitslos zu werden." Er lachte. „Das heißt nicht, dass man nicht hart arbeiten muss. Sie scheinen ein Händchen dafür zu haben, die schmutzigsten und schlechtesten Jobs für die Rudelmitglieder zu finden, die nicht in die Pötte kommen. Nein, es ist schön zu sehen, dass die jüngeren Kids einen Weg finden, im Norden zu bleiben, anstatt nach Süden ziehen zu müssen, wo ihre Wölfe nicht so glücklich sind. Und die Oldtimer? Mittlerweile sieht man sie regelmäßig im Rudelhaus, von wo sie sich früher ferngehalten haben, weil niemand ihnen zuhören wollte. Vor allem die wirklich alten Käuze, die vergessen, dass sie die gleiche Geschichte schon eine Million Mal erzählt haben."

Sie blieb stehen, um aus ihrer Wasserflasche zu trinken, und dachte einen Moment nach. Für sie klang es nicht nach großen Veränderungen. Nun, die Jobs waren gut, aber sie hatte an Mord und andere Verbrechen gedacht, nicht an Faulheit und Vernachlässigung. „Wusstest du, dass Erik Russisch spricht?"

„Natürlich. Er spricht sieben Sprachen."

Sie nahm die Flasche von ihren Lippen, und das Wasser schwappte über ihr Hemd. „Sieben?"

Jared lehnte sich an einen Baum und sah sie mit einem neugierigen Gesichtsausdruck an.

„Was?", fragte sie.

„Du bist wirklich schön."

Sie spürte, wie Hitze über ihre Haut kroch. Die Bewunderung in seinen Augen machte sie verlegen, und in ihrem Inneren schnaubte der Wolf verächtlich. „Danke."

„Läuft da was zwischen dir und Erik? TJ schwört, dass ihr beide wie Gefährten riecht, aber –" Er zuckte mit den

Schultern. „Du benimmst dich nicht so. Nur für den Fall, dass du Interesse an einem –"

„Ich möchte keine Beziehung mit dir." Maggies Zunge verknotete sich fast, als sie sich beeilte, ihn abzulehnen. Ein ekliges Gefühl packte sie bei dem Gedanken, irgendjemanden außer Erik zu berühren.

Jared lachte und grinste breit. Als er sich wieder unter Kontrolle hatte, wischte er sich die Tränen aus den Augen und sog Luft ein. „Ich wollte dich fragen, ob du an einem kleinen Rat interessiert bist. Sweetie, wenn du nach Beta riechst, werde ich mich dir nicht auf sexuelle Weise nähern, selbst wenn du betteln würdest. Ich möchte, dass meine Familienjuwelen noch ein paar Jahre intakt und nutzbar bleiben."

Sie glaubte nicht, dass ihr etwas noch peinlicher hätte sein können. Alles, was sie in letzter Zeit getan hatte, war, voreilige Schlüsse zu ziehen. „Tut mir leid." Als sie ihren Blick hob, grinste er immer noch. „Also, was ist dein Rat?"

Jared zuckte mit den Schultern. „Du scheinst nicht viel über ihn zu wissen. Die Gefährten-Sache soll cool sein, da sie mit Sicherheit die Einzigen für einander sind. Yada-yada. Es funktioniert, ich habe es bei den Alphas und bei anderen im Rudel gesehen. Ich bin aber immer noch der Meinung, dass es nicht schadet, neben der sofortigen körperlichen Anziehung und der lebenslangen chemischen Bindung auch eine gute, altmodische Unterhaltung zu führen."

Maggie stand einen Moment lang fassungslos da.

„Was? Du siehst aus, als hätte ich gerade vorgeschlagen, ihr solltet lebenden Hühnern die Köpfe abbeißen oder sowas."

Sie schnaubte. „Ich gebe zu, dass dein Rat unerwartet für mich kommt."

Jared rückte die Gurte seines Rucksacks zurecht und deutete den Weg hinauf. Er redete weiter, als sie neben ihm ging. „Warum? Weil du gehört hast, dass ich gern flirte? Das tue ich, und wenn du nicht vergeben wärst, würde ich mein Bestes geben, dir den Hof zu machen. Aber ich bin nicht dumm, ich will mehr als nur Matratzentango. Sex macht Spaß, aber ich will mehr als nur rein raus und tschüss."

Maggie ging eine Minute lang schweigend weiter, bevor sie ihn ansah. „Das ist ein guter Rat."

Er zwinkerte. „Aber wenn ihr keine Gefährten seid, dann –"

Sie schlug nach ihm, und er tanzte lachend vor ihr her.

Sie holte tief Luft und folgte ihm. Diese Wölfe waren anders als das, was sie aus ihren Teenagerjahren in Erinnerung hatte. Das Macho-Gehabe und das ständige Übertrumpfenwollen waren nicht da. Es musste daran liegen, dass sie an den Spielen beteiligt waren. So konnten sie nicht die ganze Zeit leben.

Oder doch?

TJ und Erik verschwanden vom Gipfel der nächsten Anhöhe und verließen den Pfad in den Busch. Sie mussten einen weiteren Hinweis gefunden haben. Als sie die Anhöhe erreicht hatte, waren die Jungs zurück, und Erik grinste ziemlich breit.

„Du hast noch einen gefunden?" Ohne nachzudenken lehnte sich Maggie an ihn, um das Papier in seiner Hand zu betrachten. Sein Körper war warm und fest, und sie gewöhnte sich daran, sich näher an ihn zu schmiegen, und zog an seiner Hand, bis sie den Hinweis betrachten konnte.

Er schmunzelte, und ihr wurde plötzlich klar, dass sie sich ganz in seinen Armen befand. Als sie sich zurückziehen wollte, schloss er auf subtile Weise die Arme um sie und fing sie ein, indem er ihre Aufmerksamkeit auf das Papier lenkte.

„Nummer Acht. Ich sage dir, die Hinweise sind logisch, aber wenn TJ nicht einen so guten Geruchssinn hätte, hätten wir wahrscheinlich die Hälfte davon übersehen."

TJ lag auf dem Weg und hechelte vor sich hin. Als Erik seinen Namen sagte, spitzte er die Ohren, als freute er sich über das Lob.

Jared ließ seinen Rucksack fallen, verteilte Müsliriegel, wickelte einen für TJ aus und warf ihn ihm zu. „Wo war der Hinweis diesmal?"

„Auf einem Baum."

„Aufgemalt?"

Erik schüttelte den Kopf. „In die Rinde geschnitzt. Sieht so aus, als ob das vor mindestens sechs Monaten gemacht wurde."

Jared fluchte. „Wie zum Teufel konnte TJ etwas so Altes wittern? Das ist absolut unmöglich."

Maggie starrte TJ an. Sie hätte schwören können, dass er ihr zuzwinkerte.

Erik lachte. „Ja. Der Junge hat immer gesagt, dass er eine gute Nase hat, und das war kein Witz. Wir sind an der Stelle angelangt, an der wir meiner Meinung nach unser Lager aufschlagen sollten. Ich möchte morgen früh los, damit wir am Ende des Tages genug Zeit haben, die erste mentale Herausforderung zu meistern."

„Du willst hier campen?" Jared sah sich um. Maggie fragte sich das auch – es gab keine große Lichtung.

„Sheep Camp sollte etwa eine halbe Stunde entfernt sein. Machen wir das zu unserem Ziel. Sobald wir dort angekommen sind, kann TJ wandeln, und wir fangen mit dem Abendessen an." Erik drehte sich zu ihr um, und Maggie erstarrte. Er rückte ihre Brustgurte zurecht und tätschelte dann ihre Wange, bevor er ihr bedeutete, TJ zu folgen. Sie starrte ihn an, während ihr Körper gehorchte, und sie machte ihre ersten Schritte, während sie immer noch sein Gesicht beobachtete. In seinen Augen lag ein lachender Ausdruck, der sie dazu brachte, ihn beiseite ziehen und fragen zu wollen, was zum Teufel los war.

Sie ging fast zwanzig Minuten lang schweigend weiter, bevor sie es begriff. Sie hatte den ganzen Tag mit Rudelmitgliedern verbracht, einer davon in Wolfsgestalt, und sie hatte keine Panikattacke gehabt. Sie war nicht ohnmächtig geworden, und sie war immer noch in Sicherheit.

Vielleicht hatte Missy recht. Vielleicht war es an der Zeit, über ihre Vergangenheit hinwegzukommen.

~

„Also, was glaubst du, was das ist?"

Jared schlug TJ mit seiner Baseballmütze auf den Kopf. „Halt die Klappe! Deshalb nennt man es ein Rätsel, du Idiot, weil wir nicht wissen, was es bedeutet."

„Jared." Erik wollte sich jetzt nicht mit jungen Punks rumschlagen müssen. Maggie lehnte sich neben ihm zurück, und ihr Duft erfüllte die Luft. Ihm wäre es viel lieber gewesen, die kleine Fantasie, die er genossen hatte, weiterverfolgen zu können, als seine Teamkollegen zur Disziplin rufen zu müssen.

„Aber er hat dieselbe verdammte Frage schon zehnmal gestellt."

Erik seufzte und setzte sich widerwillig auf. „Ich weiß. Ich bin nur einen Meter entfernt und habe ihn jedes verdammte Mal gehört. Außerdem habe ich jedes Mal deine klugscheißerischen Antworten und Vermutungen gehört." Er streckte seine Hand aus. „Gib mir die Rätselseite und finde was anderes, womit du dich beschäftigen kannst. Wir haben nicht genug Hinweise, um das Problem zu lösen, und ihr zwei geht mir auf die Nerven."

Die beiden jungen Männer tauschten erschrockene Blicke aus und machten sich dann an die Arbeit. Jared nahm ein Messer und schnitzte an einem Stock, während TJ irgendwo eine Mundharmonika hervorholte und anfing, verdammt guten Blues zu spielen. Erik hatte das immer zu schätzen gewusst – auch wenn TJ ungeschickt war, überall, wo er hinging, folgte ihm seine Musik.

Erik wollte sich gerade wieder niederlassen, als er eine sanfte Berührung an seinem Arm spürte.

„Das hast du gut gemacht."

Maggie saß da, die Arme um die Beine geschlungen, und ihr Gesicht war blasser, als er es in Erinnerung hatte. *Scheiße.* „Habe ich dich erschreckt? Das wollte ich nicht. Die Jungs wissen, dass ich es nicht ernst meine."

Sie schüttelte den Kopf und runzelte die Stirn. „Ich habe mich nicht erschreckt."

„Du siehst blass aus." Er schloss schnell den Mund. Was für eine unglaublich dumme Bemerkung.

Sie verdrehte die Augen. „Wow! Danke. Das ist so nett von dir, das zu sagen, weißt du?"

Ugh. „Bist du müde? Hungrig?"

Kann ich dir die Füße – oder irgendeinen anderen Teil deines Körpers – massieren? Was würde er dafür geben, sie berühren zu dürfen. Der ganze Tag, den sie zusammen verbracht hatten, sogar das Wandern, hatte sein Verlangen nach ihr nur angefacht.

„Nein, ich habe mehr als genug gegessen. Ich muss nur kurz nachdenken. Danke, dass du das Comedy-Duo gebeten hast, die Klappe zu halten. Ich war schon eine Weile nicht mehr mit vielen Leuten zusammen, und ihr ständiges Geschwätz hat mich genervt." Sie streckte sich träge, und er genoss es, wie ihr T-Shirt eng über ihren Brüsten spannte, und die Zurschaustellung ließ ihm das Wasser im Mund zusammenlaufen. Sie mochte ein zierliches Ding sein, vor allem im Vergleich zu ihm, aber ihre Brüste waren voll und lenkten ihn ab.

Sie rollte sich neben ihm zusammen, ihre Hüfte berührte seine, und er lächelte. Es war unmöglich, die körperliche Anziehung zwischen ihnen zu ignorieren. Er war nicht einmal daran interessiert, so zu tun, als ob sie nicht da wäre. Er würde so langsam vorgehen, wie sie es brauchte, aber er würde nicht nachgeben.

Während der nächsten halben Stunde tat er so, als würde er auf die Rätselhinweise starren, während er jeden Zentimeter ihres Körpers betrachtete. Sie würde ihm gehören – für den Rest ihres Lebens würde er sich um sie kümmern, sie lieben und mit ihr zusammen sein. Die Vorstellung von Schicksalsgefährten störte ihn überhaupt nicht.

Jared gähnte, ein lautes, saftiges Geräusch, das Erik zum Lachen brachte. Zeit, sie ins Bett zu schicken. „Hey Leute, gute Arbeit heute!"

TJ winkte träge, steckte die Mundharmonika weg und gähnte auch. „Das ist die Höhe, das schwöre ich. Ich geh' schlafen. Morgen brechen wir früh auf, nehme ich an?"

„Um sieben gehen wir los."

Jared nickte. „Ich werde mich auch hinhauen. Ich muss einen Dialog mit meinen Augenlidern führen."

Erik fragte sich, was zum Teufel los war, als Jared Maggie dabei einen scharfen Blick zuwarf und sie lachte.

Es dauerte verdammt lange, bis die Jungs ins Zelt

gekrochen waren und ihre Schlafsäcke organisierten, während sie herumalberten. Das Lachen verklang schließlich, und Erik entspannte sich. Endlich! Zeit allein mit seiner Gefährtin.

Die beiden saßen schweigend da und lauschten den gedämpften Lauten des nächtlichen Waldes. Hier im südlichsten Teil des Yukon bestand der Himmel darauf, hell zu bleiben, aber es war auf keinen Fall Mitternachtssonne. Hinter den westlichen Bergen war ein wunderschöner rosa Schein zu sehen, und Erik rutschte herunter, um seinen Kopf auf den Baumstamm zu legen, den sie zum Sitzen ans Feuer gerollt hatten.

Maggie sah ihn lange an, bevor sie seufzte. „Es ist zwecklos, oder?"

„Was?"

Sie berührte zögernd seinen Arm, und ein Schauer durchfuhr ihn. *Oh Hallo.* Er hielt die Hände hinter seinem Kopf und sah zu, wie sie näherkam und ihren Kopf auf seine Brust legte. Ihr Haar kitzelte sein Kinn, und ihr Atem wärmte ihn. „Ich kann nicht leugnen, dass ich mich zu dir hingezogen fühle. Mein Wolf mag dich auch." Sie setzte sich auf, um ihm in die Augen zu schauen. „Ich kann einfach nicht –"

„Das verlange ich auch nicht. Noch nicht. Du hast mir gesagt, dass ich warten soll, also warte ich." Scheiße, Mist und der'mo, er würde warten.

„Wo bist du zur Welt gekommen?"

Erik blinzelte. „Das war aber ein abrupter Themenwechsel."

Sie schmiegte sich an ihn, und sein Wolf freute sich über die Aufmerksamkeit. „Ich dachte nur, es würde vielleicht helfen, wenn wir ein bisschen mehr übereinander erfahren."

Er nickte langsam. Das ergab einen Sinn. Es schien nicht so, als würden sie sich die Zeit mit anderen ablenkenden Aktivitäten vertreiben.

„Lawrentija. Kleines Küstendorf an der Beringstraße."

Sie hielt inne. „Oh, das erklärt, warum du Russisch sprichst. Wann bist du nach Alaska gekommen?"

Er erzählte ihr von seiner Kindheit und dem Umherziehen, bis sich die Familie schließlich in Sitka niedergelassen hatte. „Der Rest meiner Familie ist immer noch da. Ich würde dich gerne dort hinbringen und sie dir vorstellen. Wenn das alles vorbei ist."

„Das alles?"

„Die Spiele."

„Oh." Sie nickte. „Das wäre nett, schätze ich."

„Was ist mit dir? Ich weiß, dass deine Familie schwere Zeiten durchgemacht hat, also reden wir jetzt nicht darüber. Was ist deine Lieblingsfarbe?"

Maggie schnaubte. „Du bist wirklich nicht, wie ich es erwartet habe, weißt du das?"

„Warum? Weil ich dir gern sexy Unterwäsche in deiner Lieblingsfarbe kaufen würde?" Ihr blieb der Mund offenstehen, und er grinste. „Verdammt, es macht Spaß, dich aufzuziehen." Sie schnitt eine Grimasse, und er fragte sich, was hinter ihren wunderschönen Augen vorging.

Er ergriff ihre Hand. Er hatte in den letzten Tagen mehr Händchen gehalten als in seinem gesamten Leben zuvor. „Ich habe über dein Ohnmachtsproblem nachgedacht, als wir unterwegs waren. Du hast gesagt, es ist ein chemisches Ungleichgewicht?"

Sie nickte. „Es ist erst letztes Jahr richtig schlimm geworden, und natürlich kann ich nicht wandeln, sonst könnte meine Wölfin mich heilen."

Ja, dieser Teil. Er würde noch einmal versuchen, dieses

Thema anzusprechen. Bald, aber nicht heute Abend. „Ich denke, es hat damit zu tun, dass du nicht gewandelt und Wölfe gemieden hast. Wir produzieren ständig so viele Pheromone, dass das dazu beiträgt, ein empfindliches Gleichgewicht aufrechtzuerhalten. Jetzt, wo du in der Nähe anderer Wölfe bist, sogar mehrerer von uns, solltest du dich besser fühlen."

Maggie starrte ihn an. „Deshalb bin ich in den Norden gekommen, um mich dem Rudel anzuschließen. Missy bestand darauf, dass die Nähe ihrer Familie ausreichen würde, um mich zu heilen." Sie blickte auf die Stelle, an der ihre verflochtenen Hände in seinem Schoß lagen. „Wie bist du darauf gekommen? Bist du Chemiker oder sowas?"

„Nein. Ich habe einen Doktor in slawischen Sprachen." Sie keuchte überrascht, ihre Augen weiteten sich, und er lachte über ihren Gesichtsausdruck. „Mit einem Master in klassischer Literatur."

„Aber ... Du arbeitest mit Kyle als Wildnisführer!"

Er zuckte mit den Schultern. „Als er überlegt hat, das Unternehmen zu gründen, wusste er, dass sein Bruder einige Jahre zu jung war, um eine echte Hilfe zu sein. Ich habe angeboten, mit ihm zusammenzuarbeiten, bis TJ übernehmen kann."

„Aber warum, wenn du so gebildet ist –"

Maggie runzelte die Stirn, und er strich ihr mit dem Daumen die Falten auf der Stirn glatt. „Er ist mein bester Freund. Ich unterrichte derzeit ein halbes Dutzend Schüler online, also nutze ich immer noch meine Fähigkeiten, aber es wäre sehr egoistisch gewesen, seinen Traum sterben zu lassen, während ich in der Lage war, ihm zu helfen."

Ihre strahlenden Augen studierten sein Gesicht genau, als wollte sie herausfinden, ob es nur eine Geschichte war, um sie zu beeindrucken. „Du bist ein sehr komplizierter Mann, Erik Costanov."

Er schüttelte den Kopf. „Ich bin so einfach gestrickt, wie man nur sein kann. Ich glaube nur an die goldene Regel und versuche, danach zu leben."

Sie brachte ihn aus dem Gleichgewicht, indem sie über seine Beine kletterte und sich rittlings auf ihn setzte, wobei ihr Po auf seinen Schenkeln ruhte. Er lag regungslos da, hatte Angst, sie zu erschrecken, genoss aber das Gefühl ihres Gewichts auf ihm.

„Was machst du?" Da, es war einigermaßen verständlich rausgekommen. Verdammt, er sprach sieben Sprachen, und im Moment schien Englisch keine davon zu sein. Seine Zunge klebte ihm am Gaumen.

Sie bewegte sich etwas näher, und er unterdrückte ein Stöhnen. Ihr heißer Kern ruhte jetzt an seiner Leistengegend, und sein Schwanz wurde hart. „Ich will dich küssen."

Hallelujas hallten in seinem Kopf wider. Schrei des Jubels und der endlosen Freude brachen in einem vollen Refrain aus. Aber als er antwortete, sagte er erstickt: „Okay."

Sie beugte sich vor und strich mit ihren Lippen über seine, und das elektrisierende Gefühl, das er schon einmal gespürt hatte, als sie einander geküsst hatten, schwirrte durch seinen Oberkörper und schoss durch seine Wirbelsäule bis zu seinem Gehirn. Ehe er sich versah, hatte er die Finger einer Hand in ihrem Haar vergraben und sie so gedreht, wie er sie wollte, während die andere Hand sich um ihren Körper legte, um ihren Oberkörper an sich zu drücken. Ihre Süße erfüllte seine Sinne und neckte seine Geschmacksknospen mit dem Verlangen nach mehr. Als ihre Zungen sich berührten, waren begeisterte Laute zu hören.

Die Nacht war warm, und beide trugen nur Shorts und T-Shirts. Doch jede Art von Barriere zwischen ihnen war Folter.

Er brach den Kuss ab, setzte sich auf, während sie immer noch rittlings auf ihm saß, und zog sein T-Shirt aus. Sie machte für einen Moment große Augen, bevor sie die Hände sinken ließ, um seinen Bauch zu streicheln. Die flüchtigen Streicheleinheiten quälten ihn, selbst als er endlich seine Gefährtin wieder kosten und endlich, endlich wieder ihre Haut berühren durfte.

„Bitte zieh dein T-Shirt aus." Seine Stimme brach, er brauchte das so sehr. Er schloss die Augen vor Enttäuschung darüber, dass sie Nein sagen könnte, dann hörte er das Rascheln von Stoff. Als er die Augen öffnete, trug sie immer noch ihren BH, aber die cremige Perfektion ihrer Haut machte diese kleine Enttäuschung mehr als wett. Er berührte sie ehrfürchtig und streichelte von ihren Hüften über die sanfte Vertiefung ihrer Taille, bis er die Schwellungen ihrer mit Spitze bedeckten Brüste erreichte.

Sie schnappte nach Luft, als er seine Daumen in kleinen Kreisen über ihre Brustwarzen rieb, wobei sich ihre Nippel zu harten Spitzen aufrichteten, die den Stoff spannten. „Du bist wunderschön."

Er ignorierte den Drang, sie unter sich zu rollen und sie zu nehmen, und legte stattdessen seine Hände wieder um ihren Oberkörper, sodass sich ihre Lippen erneut trafen.

Sie küssten sich gemächlich, erkundeten Münder und Hals, streichelten einander mit ihren Zungen und knabberten an ihren Lippen. Erik war sich nicht sicher, wie lange sie so dagesessen hatten, und ehrlich gesagt war es ihm völlig egal. Er hatte sein ganzes Leben auf sie gewartet, und endlich taten sie das, weswegen sein Wolf ihn tagelang angeknurrt hatte. Allerdings würde sein Tier zutiefst enttäuscht sein, wenn sie nicht bis zum Letzten kamen.

Maggies Atem wurde schneller, und sie wand sich auf ihm, ihr Hügel rieb seine Leistengegend wie ein Feuer. Als er es schließlich nicht mehr ertragen konnte, packte er sie am Po und rückte sie zurecht, bis es sich besser anfühlte. Er rieb sie immer wieder an sich, und sie stöhnte ihm ins Ohr. Verdammt, er würde kommen, wenn er nicht aufpasste.

Also hob er sie hoch und öffnete ihren Gürtel.

Sie schlug nach seinen Händen. „Was machst du?"

„Dir die Hose ausziehen."

„Erik, wir können nicht –"

Er brannte vor verzweifeltem Verlangen. „Wir werden nicht miteinander schlafen, aber ich muss dich berühren. Zieh sie aus!", forderte er. Bettelte er.

Sie zögerte nur einen Moment, dann öffnete sie den Reißverschluss, ließ sowohl ihr Höschen als auch ihre Shorts fallen und stieg aus den Beinen, wo sie um ihre Knöchel gefallen waren. Sie stand da, nackt bis auf ihren BH, ihre Pussy direkt vor ihm, und er hatte keine Kraft, sich zurückzuhalten.

Er packte ihren Po und vergrub sein Gesicht zwischen ihren Beinen. Sie stieß einen unterdrückten Schrei aus, aber er war zu beschäftigt, um sie zur Ruhe zu ermahnen. Ihr süßer Duft zog ihn an, und er strich die Locken auseinander, die sie bedeckten, und leckte mit seiner Zunge über ihre Scham. Oh Gott, sie schmeckte köstlich. Ihr Geschmack durchströmte ihn und betäubte seine Sinne. Er stieß seine Zunge bis zum Anschlag in ihre Pussy und leckte ihre Creme.

Sie wiegte sich gegen seinen Mund, spreizte ihre Beine weiter, und ihre Finger umklammerten seinen Kopf. Der

Arm, den er um sie gelegt hatte, sorgte dafür, dass sie genau dort blieb, wo er ihren Körper am besten erreichen und in ihn eindringen konnte. Sie stieß die köstlichsten Laute aus, und er hielt inne, um tief durchzuatmen und das Gefühl zu genießen, sie so intim zu halten.

„Mehr!", forderte sie.

„Ja." Er ließ einen Finger in ihre Tiefen gleiten und saugte mit dem Mund an ihrer Klitoris.

„Jaaa –" Ihr zustimmendes Stöhnen ging im zufriedenen Knurren eines Wolfes unter, der gestreichelt wurde, und er lächelte.

Er wusste, wie er ihren Wolf wecken konnte. Wenn Maggie bereit war, würden sie ihn gemeinsam rufen. Vorerst wollte er seiner Gefährtin Vergnügen bereiten und konzentrierte seine ganze Aufmerksamkeit auf sie. Er neckte ihre Schamlippen mit seinen Fingern, massierte die zarten Falten, bevor er erneut einen, dann zwei Finger in ihre Öffnung hinein und wieder heraus pumpte. Er ließ seine Zunge über die geschwollene Knospe ihrer Klitoris gleiten und schnippte immer wieder mit der Zungenspitze dagegen.

Ein Zittern begann in ihren Oberschenkeln, ihre Knie bebten, und er übte mehr Druck beim Lecken aus. Er stützte sie mit einer Hand, während sie beim Orgasmus aufschrie, ein heulender Freudenlaut, der in den immer noch hellen Himmel hallte.

Widerwillig zog er seine Finger aus ihrem Körper, die klebrige Feuchtigkeit, die seine Hand bedeckte, wie ein Aphrodisiakum. Er hielt ihre Hüfte und gab ihr Zeit, sich zu erholen. Ihre Hände, die seinen Kopf umklammert hielten, entspannten ihren Todesgriff, als sie sein kurzes Haar streichelte. Er schloss die Augen und drückte einen Kuss auf die zarte Haut der Innenseite ihres Oberschenkels.

Ihr Duft erfüllte jede Zelle seines Körpers, und jetzt aufzuhören war das Schwierigste, was er jemals getan hatte.

Ein sanftes Klopfen auf seiner Wange lenkte seine Aufmerksamkeit auf ihre strahlenden Augen voller Leidenschaft und Dankbarkeit. „Das war unglaublich."

„Für uns beide."

Sie kicherte. „Ich denke, das beweist, dass ich im Herzen wirklich ein Wolf bin. Verdammt, es ist mir nicht einmal peinlich, dass jeder im Umkreis von fünf Meilen weiß, dass ich gerade gekommen bin."

Sie lachten zusammen, als Erik ihr Höschen hochzog und ihr dann wieder in die Shorts half. Ihre Hände berührten und stießen und verhedderten sich, während er jede Berührung genoss.

Sie ließ sich wieder auf seinen Schoß sinken und legte die Arme um seinen Hals. „Danke."

„Gern geschehen." Er hatte es genauso genossen wie sie. Ihr Blick fiel auf seinen Schritt und die offensichtliche Schwellung, die unter dem Stoff zu sehen war. „Ja, ich will dich immer noch."

Maggie biss sich auf die Unterlippe. „Noch nicht. Es tut mir leid, es ist so egoistisch, aber ich bin noch nicht bereit."

„Aber bald?"

Sie zögerte. „Vielleicht."

Sein Herz machte einen Sprung. *Vielleicht* war viel besser als *Nein*. „Mit vielleicht kann ich leben."

Er küsste sie ein letztes Mal, nur um sich selbst in den Wahnsinn zu treiben, und führte sie dann zum Zelt. Der Morgen würde bald genug kommen.

7

———

„Wir haben ein Problem."

Maggie stöhnte, als sie sich am Wegrand, wo sie sich niedergelassen hatte, aufsetzte. Die letzten zwei Stunden waren die Hölle gewesen, als sie sich die Golden Stairs hinauf und über den Chilkoot Pass geschleppt hatten. Seit ihrer Jugend hatte sie nicht mehr so viele Höhenmeter zurückgelegt, und jeder Muskel protestierte. „Was ist los, Jared?"

„Hat TJ eine Seite des Rätsels verloren, als er letzte Nacht rumgeblödelt hat?" Jared runzelte die Stirn, während er die Seiten durchblätterte. Erik streckte die Hand aus, und Jared reichte sie ihm. Maggie sah besorgt zu, wie Erik die Seiten durchging. Jared knurrte frustriert. „Wenn dieser Tölpel –"

„Es reicht!", unterbrach Erik ihn streng, und Jared hatte den Anstand, verlegen dreinzuschauen. „Da fehlt nichts. Was ist das Problem?"

„Für die letzten paar Felder gibt es keine zusätzlichen Hinweise", sagte Jared. „Es gibt auch keine Hinweise auf irgendwelche Orientierungspunkte. Drei völlig leere

82

Spalten – es ist, als würden wir blind in den Heuhaufen rennen, um die Nadel zu finden."

Maggie kam näher und spähte über Eriks Schulter auf die Hinweise. Sie lehnte sich an seinen starken Rücken, die Wärme seines Körpers zog sie wie ein Magnet an. Den ganzen Tag hatte sie sich gezwungen, sich von ihm fernzuhalten, doch jetzt gab sie dem Bedürfnis nach, mit einer kurzen Berührung ihre Batterien wieder aufzuladen. Er warf ihr einen Blick zu und zwinkerte, und sie errötete. Ihre sexuelle Anziehung war für Wölfe normal, aber ihre Weigerung, sich auf die Gefährtenbindung einzulassen, und seine geduldige Reaktion verwirrten sie. Sie fühlte sich wie ein kaputter Ventilator, der heiß und dann kalt lief.

„Mir ist es am ersten Tag aufgefallen. Wir werden es heute Abend herausfinden." Erik gab Jared die Seiten zurück. Der junge Mann starrte ihn geschockt an.

„Wie können wir die fehlenden Antworten ohne Hinweise oder Orientierungspunkte ergänzen? Warum hast du nicht früher was gesagt?"

Erik zuckte mit den Schultern. „Es hatte keinen Sinn, in Panik zu geraten. Die Herausforderung muss lösbar sein, also bin ich davon ausgegangen, dass wir es im Laufe der Zeit herausfinden würden."

Jared schüttelte den Kopf. „Manchmal bist du wirklich zu cool und gefasst, weißt du das?"

Ein gedämpftes Heulen erklang von weiter oben auf dem Weg, und als sie sich umdrehten, sahen sie, wie TJ zurückgerannt kam. Er hüpfte und sprang über das felsige Terrain, und als er zurückkehrte, ließ er einen Stein zu seinen Füßen fallen.

Erik hob ihn auf und strich mit der Hand über TJs Kopf. „Gut gemacht. Ich habe mich nicht darauf gefreut, nach dieser Antwort zu jagen."

„Wo war er?"

Er zeigte auf den Bergrücken, der sich eine Meile weiter zu ihrer Linken erstreckte und dessen messerscharfe Kante sich deutlich vom Himmel abhob. „Der Hinweis lautete: „Schneidet es ab!", und die Karte zeigt, dass sich der Ort auf der anderen Seite des scharfen Kamms befindet. Ich habe TJ vorausgeschickt, in der Hoffnung, dass die Antwort etwas Offensichtliches sein und er uns anderen den Weg ersparen würde."

Maggie schluckte schwer. Die Vorstellung, dass sie über die schroffen Felsen zum Turm wandern müsste, machte sie noch dankbarer für TJs Wolf. „Das hätte ich nie geschafft."

„Welches Symbol füge ich hinzu?", fragte Jared.

Erik reichte Maggie den Stein, und sie drehte ihn vorsichtig um. „Da ist nichts eingeritzt." Der Magen sackte ihr in die Kniekehlen. Mussten sie sich doch an den gefährlichen Aufstieg machen?

„Keine Sorge, das ist, was wir brauchen. Die Antwort ist nicht immer auf die Oberfläche geschrieben. So leicht machen sie es nicht. Denk daran, dass die Antwort auf den sechsten Hinweis eine mathematische Formel ist." Erik stieß ihren Arm an. „Was für ein Stein ist das?"

TJ kratzte mit der Pfote an ihren Füßen, und sie kniete nieder, um ihn hinter seinen Ohren zu kraulen, während sie den Stein betrachtete. „Du hättest ihn nicht mitgebracht, wenn du nicht gedacht hättest, dass er die Antwort ist, also gehe ich davon aus, dass irgendwas ungewöhnlich ist." Sie verzog das Gesicht. „Er funkelt, also schätze ich, dass es Katzengold ist. Hier in der Gegend muss es eine Menge davon geben."

Erik lachte. „Erinnere mich daran, niemals mit dir Goldwaschen zu gehen. Dir würde ein Vermögen durch die Lappen gehen."

Sie starrte ihn an. „Es ist *echtes* Gold?"

„Ja, und es ist ungewöhnlich, hier ein Nugget zu finden. So lose findet man Gold selten und auch nie so hoch oben. Jemand muss es dort hingelegt haben."

Maggie drehte den Brocken noch einmal um. „Sieht für mich immer noch nicht nach viel aus."

Jared notierte schwungvoll: „Ein Klumpen Gold." Er blickte auf, die Sorge war wieder auf seinem Gesicht zu sehen. „Es bleiben nur noch drei Hinweise, bevor wir den leeren Teil des Rätsels erreichen."

„Dann schlagen wir danach unser Lager auf." Erik stand auf und reichte Maggie die Hand, um ihr beim Aufstehen zu helfen. Sie ergriff sie dankbar. „Das ist der letzte große Aufstieg. Von jetzt an ist der Anstieg nicht mehr steil, bis wir zum Bennett Lake runtergehen. Der nächste Hinweis ist „Spiegelungen", und die Stelle sieht so aus, als ob es ein Gewässer sein sollte, also machen wir uns auf den Weg. Der Tag wird schneller vorbei sein, als uns lieb ist."

Er hob ihren Rucksack hoch. Maggie schlüpfte widerwillig in die Schultergurte. Er strich mit seinen Händen über ihren Körper, während er ihr dabei half, die Schnallen festzuziehen, und ihre Haut prickelte.

„Lass das!", zischte sie. Großartig, jetzt würde sie mit schmerzenden Füßen, müden Muskeln und einem quälenden Verlangen wandern.

Erik lachte. „Ich versuche nur, dir zu helfen."

Sie versetzte ihm einen Stoß mit dem Ellbogen.

～

„Aber es bedeutet nichts." TJ kratzte sich am Kopf.

„Es muss." Jared ging auf und ab, und Maggie rieb sich

die Schläfen. Sie hatten vor zwei Stunden ihr Lager aufgeschlagen, zu Abend gegessen und dann hatten die Rätsel angefangen, sie alle in den Wahnsinn zu treiben.

„Es sind Worte, die nichts miteinander zu tun haben. Es ist Kauderwelsch, egal, wie wir sie lesen."

Maggie starrte auf die Seiten zu ihren Füßen. Es war wahr. In keinem der Worte und Symbole, die sie gefunden hatten, sah sie eine Logik. „Wir haben versucht, die Worte neu anzuordnen. Wir haben den ersten Buchstaben genommen, den letzten. Wir haben –"

„– *alles* versucht." Jared warf Erik einen Blick zu. „Was, wenn wir nicht auf die Lösung kommen? Können wir ohne die letzten sechs Hinweise die Herausforderung beenden?"

Erik nickte langsam. „Wir müssen nur um drei Uhr am Bennett Lake Check-in sein. Das ist überhaupt kein Problem. Nur, dass in früheren Spielen bei der letzten Herausforderung Informationen aus allen anderen Events benutzt wurden. Vor fünf Jahren hat am Ende das viertplatzierte Team gewonnen, weil keines der führenden Teams alle Hinweise hatte."

Maggie seufzte. Sie hatte sich bei dieser ganzen Herausforderung so nutzlos gefühlt. Im Gegensatz zu TJ, der mehr als alle getan hatte, hatte sie nur dafür gesorgt, dass sie langsamer vorankamen als ohne sie.

Normalerweise war sie gut in Logikrätseln. Sie hob die Hinweise auf und ging sie noch einmal durch. Da erregte etwas ihre Aufmerksamkeit.

„Erik, was sind das für Notizen?"

Er setzte sich neben sie, und sie genoss seine Gegenwart. „Die hier? Ich habe nachverfolgt, wo wir die Antwort gefunden haben. Ich dachte, am Ende könnte vielleicht alles helfen."

Ihr Herz pochte. „Was, wenn die Hinweise uns nicht

nur dabei helfen würden, einen Standort zu finden, sondern wir sie zweimal verwenden müssten?"

Jared ließ sich ihnen gegenüber nieder, Hoffnung erhellte sein Gesicht. „Wie nutzt man einen Hinweis zweimal?"

Maggie legte das Papier aus und zeigte darauf. „Wir haben die Antwort auf Nummer elf gefunden, indem wir in die Reflexion im Becken am Fuße des Wasserfalls geblickt haben, oder?"

„Da war das griechische Symbol Omega. Wir haben es aufgeschrieben. Es bedeutet nichts."

Sie nickte. „Aber wenn du deine Reflexion betrachtest, ist sie verkehrt herum." Sie wollte auf und ab springen. Das war die Lösung, da war sie sich sicher.

Erik strich ihr über den Arm. „Aber das Symbol für Omega ist dasselbe, egal ob man es vorwärts oder rückwärts schreibt."

Maggie lachte. „Aber was ist, wenn man es als das Ende des Alphabets betrachtet? Omega ist der letzte Buchstabe des griechischen Alphabets. Was ist am Anfang?"

TJs Arm schoss nach oben, bevor er ihn langsam senkte. „Tut mir leid, zu viele Jahre in der Schule. Alpha."

„Richtig." Maggie nahm ein neues Blatt Papier und schrieb bewusst das Symbol für Alpha. „Und hier ... haben wir *Gold* geschrieben. Aber der Hinweis lautete: „Schneidet es ab". Die chemische Formel für Gold ist Au. Wenn wir das U abschneiden, bekommen wir ein A."

Die nächsten dreißig Minuten vergingen wie im Flug, während sie sich durch den Rest des Rätsels arbeiteten und entdeckten, dass es eindeutige Alternativen gab, wenn sie die Antwort noch einmal mit dem Hinweis abglichen.

„In deinen Notizen hast du aufgeschrieben, in welcher Höhe wir die Antworten gefunden haben, hoch oben oder unten im Tal. Soll ich diese Informationen hinzufügen?" Maggie warf Erik einen Blick zu und stellte fest, dass er sie mit einem Funkeln in den Augen anstarrte. „Was?"

„Du bist sehr attraktiv, wenn du von etwas besessen bist."

Jared lachte. „Ihr zwei. Spart euch das Geturtel für später auf. Lasst uns erst dieses Problem lösen."

Als die neue Liste fertig war, wedelte Maggie mit dem Zettel. Jetzt würden sie die endgültigen Antworten finden. Sie überflog die Seite schnell, und ihre Hoffnungen schwanden. Es war nichts weiter als eine Reihe Buchstaben von A bis G, die immer wieder durchgemischt wurden.

Es ergab immer noch keinen Sinn.

Jared und TJ fingen an zu lachen, und sie wurde wütend.

„Das ist nicht lustig." So viel dazu, dass sie eine Bereicherung für das Team war, wie Erik vorgeschlagen hatte.

„Wir haben es versucht. Ich denke, wir müssen morgen einfach ohne die Lösung ans Ziel." Jared warf einen Stein in den Busch und lehnte sich genervt zurück.

TJ schüttelte den Kopf. „Wovon redet ihr? Seht ihr es nicht?"

Angesichts seines ernsten Gesichtsausdrucks fühlte Maggie sich noch schlechter. „Da ist nichts, was uns hilft, TJ."

Er schnaubte, bevor er ihr das Papier aus der Hand nahm, um sechs weitere Buchstaben darauf zu schreiben.

Erik blickte auf die Liste und hob eine Augenbraue. „Denkst du?"

„Absolut." TJ nickte schnell. Er kramte in seinen Taschen und fummelte herum, während er seine Mundharmonika herausholte.

Als die ersten Töne der bekannten Kinderoper auf dem ungewöhnlichen Blasinstrument erklangen, lachte Maggie. „Auf keinen Fall! Du sagst, dass diese Buchstaben Noten sind? Die Melodie ist zu komisch."

Erik lächelte sie an. „Ich denke, TJ hat die richtige Lösung gefunden. Hilft es, wenn ich dir sage, dass der Name des Rennleiters Peter ist?" Er klatschte in die Hände. „Gut gemacht, Team."

Jared stöhnte. „,Peter und der Wolf'? Die ganze Sucherei nur, um TJ zuhören zu müssen, wie er auf seiner Mundharmonika schlechte klassische Musik spielt?"

TJ schlug nach ihm, und die beiden rollten wieder einmal am Boden herum. Erik lächelte auf sie herab, und sie grinste zufrieden zurück. Sie hatte es wirklich geschafft, dem Team zu helfen.

Plötzlich weckte der Gedanke, Teil des Rudels zu sein, keinen Ekel mehr. Die Jungs hatten sie nur unterstützt, und ihr Herz begann nicht mehr zu klopfen, wenn ihr einfiel, dass sie mit drei anderen Wölfen im Busch war.

Nur die rasenden, hämmernden, stolpernden Schläge ihres Herzens waren noch da, die jedes Mal begannen, wenn sie an Erik dachte.

Ihr Wolf drängte an die Oberfläche, als würde er sich nach ihm strecken. Seine Augen weiteten sich, als sie einander anstarrten, und Maggie musste sich zurückhalten, um nicht näher an ihn zu drücken und sich an ihm zu reiben. Einen Moment lang dachte sie ernsthaft darüber nach, ihn ins Zelt zu zerren und ihn zu ihrem Gefährten zu machen.

Ihre Kehle schnürte sich zu, und sie wandte den Blick ab, während sie mit den Papieren herumfummelte. Sie ordnete sie und reichte sie ihm dann.

Die Vorstellung, in Gegenwart anderer in Wolfsgestalt

zu sein – sie war sich nicht sicher, ob sie jemals für diesen Schritt bereit sein würde. Sich mit Erik zu paaren, ihren Wölfen aber den Kontakt zu verweigern, wäre das Grausamste, was man sich vorstellen konnte. Sie konnte keine Spielchen mit seinen Gefühlen spielen, konnte seinen Wolf nicht mit Versprechungen hinhalten, die sie nicht einhalten konnte.

Welche Herausforderungen standen bei den Wolfsspielen noch bevor? Hatte sie geholfen, dieses Rätsel zu lösen, nur um dann den Sieg zu verpassen, wenn sie nicht in der Lage war, sich zu wandeln?

„Du denkst zu viel nach. Lass gut sein." Erik strich ihr eine Haarsträhne hinters Ohr, und sie lehnte sich ohne nachzudenken in die Liebkosung. „Wir sollten alle schlafen gehen. Nur weil wir wissen, wonach wir suchen, wird es morgen nicht leichter werden."

„Das Lied zur Lösung des Rätsels zu verwenden, hat uns sechs Buchstaben in der Antwortspalte geliefert, aber keine Ahnung, wo wir sie finden werden. Ich gehe davon aus, dass das die Informationen sind, die wir für die letzte Herausforderung brauchen, oder? Das ist scheiße", beschwerte sich Jared, als er den Reißverschluss des Zelts öffnete.

„Hey, zumindest wissen wir, wonach wir suchen, und dank TJs großartigem Geruchssinn bin ich zuversichtlich, dass wir rechtzeitig am Kontrollpunkt sein werden." Erik klopfte TJ auf die Schulter und fing ihn am Hemd auf, als er stolperte. „Ja, ein paar Stunden Schlaf und morgen eine kurze Wanderung. Ich wette, dass zwischen dem Ende dieser Herausforderung und dem Anfang der nächsten nur wenig Zeit liegen wird."

Erik brachte die Jungen ins Zelt und kam zurück, um ihr seine Hand entgegenzustrecken. „So sehr ich mich auch über eine Wiederholung von gestern Abend freuen würde, ich schlage vor, dass wir auch schlafen gehen."

Sie nickte langsam. Es gab zu viel zu sagen, und sie hatte noch nicht die Kraft dazu. „Erik, was ist, wenn ich –?"

Er hob eine Hand. „Ich versuche, nicht unhöflich zu sein, aber ich möchte, dass du mir in dieser Angelegenheit vertraust. Lass uns erst schlafen, dann reden. Du hast das Rätsel so gut gelöst, aber ich kann deine Erschöpfung von hier aus spüren. Während du von uns die Pheromone bekommst, die du brauchst, bezweifle ich, dass du in den letzten Jahren in Vancouver viel gewandert bist." Er zog sie an seinen Körper, und sie schmiegte sich an ihn. Es fühlte sich so wunderbar an. Er hob ihr Kinn und starrte sie an. „Ich warne dich, ich werde dich heute Nacht festhalten. Ich kann nicht widerstehen, und ich denke, dass du es auch brauchst. Wenn du vorhattest, zu protestieren, dann streite dich hier mit mir, damit wir die Jungs nicht wecken."

Jareds Schnarchen ließ schon das Zelt erzittern, und Maggie lachte. „Ich glaube, dass ich an seinem Ohr Trompete spielen könnte, ohne ihn zu wecken." Sie tauschten ein Grinsen aus, bevor sie wieder ernst wurde. Es gab nichts, wonach sie sich im Moment mehr sehnte, als seine Arme um sie zu spüren. „Ich denke, ich kann damit umgehen, dass du mich hältst. Wenn du das Gefühl hast, dass du unbedingt musst."

Er nickte ernst. „Ich denke, es ist lebenswichtig."

Sie krochen ins Zelt, und Maggie entspannte sich. Die Wärme ihres Gefährten hüllte sie ein wie eine Decke, während das nie endende Licht durch die Wände des Zeltes schien und den Raum in ein friedliches blaues Licht tauchte.

8

Erik war zufrieden, als sein Team die Herausforderung rechtzeitig beendete und bis auf eines alle Puzzleteile gefunden hatte. Maggie hatte darauf bestanden, alles aufzuschreiben, was ihr über die Orte einfiel, an denen sie die Buchstaben gefunden hatten, in der Hoffnung, dass die Informationen ihnen später weiterhelfen würden.

Kaum hatten sie die Ziellinie am Kontrollpunkt überquert, wurden sie nach Carmacks gebracht, um dort das nächste Rennen anzufangen.

Er hielt Maggie an seiner Seite, als sie mit vier anderen Teams den Bus bestiegen. Die Angst in ihren Augen ließ sein Herz schmerzen, aber die Art, wie sie ihre Schultern straffte und darauf bestand, bei TJ zu sitzen, machte ihn stolz.

Der Vorsitzende erhob sich vorn im Bus, um die nächste Herausforderung zu erklären.

„Bei diesem Event der Spiele werden Sie alle in Menschengestalt sein."

Ein Murmeln ging durch den Bus, und TJ fluchte leise.

Erik legte beruhigend eine Hand auf die Schulter des jungen Mannes.

„Sie paddeln durch einen der schwierigsten Abschnitte des Yukon River. Aufgrund der veränderten Wasserstände sind die Five Finger Rapids bei Weitem nicht mehr so gefährlich wie zu Zeiten des Goldrauschs. Da wir aber einen Massenstart geplant haben, werden viele Kanus um die sicherste Route wetteifern. Es liegt an Ihnen, heil auf die andere Seite zu gelangen.

Für die Wertung dieser Veranstaltung sind sowohl Zeit als auch Bonuspunkte erforderlich. Abzüge gibt es natürlich auch." Er hielt einen bunten Schwimmer hoch. „Wir haben sechs Bojen an verschiedenen Stellen entlang des Flusses verankert. Wenn Sie nah genug herankommen, haben Sie wieder die Möglichkeit, ein Symbol zu erkennen, das Ihnen später weiterhilft. Es liegt völlig in Ihrem Ermessen, ob Sie versuchen möchten, die Bojen zu erreichen."

„Was würde zu einem Abzug führen?", fragte jemand aus dem Anchorage-Team.

Der Vorsitzende grinste, seine Reißzähne waren lang und scharf. „Aus dem Kanu fallen zum Beispiel. Sie können immer noch eine Zeitwertung verdienen, wenn Ihr Kanu die Ziellinie überquert, aber jeder, der nicht im Kanu ist, führt zu einem Abzug, egal, wie es dazu gekommen ist."

TJs Schulter spannte sich unter Eriks Hand noch mehr an. Der Junge musste einfach seine Angst überwinden, es zu vermasseln. Er war ungeschickt, ja, aber er war jetzt viel besser als vor ein paar Jahren.

Der Vorsitzende nahm wieder Platz, und leises Getuschel folgte. Erik lehnte sich in seinem Sitz zurück und versuchte, es sich für die Fahrt bequem zu machen. Seine Knie waren an die Rückenlehne der Bank vor ihm gedrückt.

Sogar die für Wölfe angepassten Busse waren zu klein für ihn. Er seufzte und schloss die Augen.

Als er sie wieder öffnete, waren sie in Carmacks angekommen.

Er trieb sein Team an den Rand des Vorbereitungsbereichs und trat dann einen Schritt zurück, um sich den Aufbau genau anzusehen. Die Kanus standen am Flussufer aufgereiht, sechs Meter vom Ufer entfernt. Erik musterte seine Gegner mit geübtem Auge und identifizierte die drei Teams, die bei diesem Event die größte Konkurrenz darstellen würden.

TJ schwieg, während Jared Witze machte. Ohne dass sie ein Wort sagte, wusste Erik genau, wo Maggie stand. Sie war hinter seinem Rücken versteckt und warf heimliche Blicke auf die anderen Wölfe. Sie machte ihre Sache außerordentlich gut, sie geriet nicht in Panik, als von Minute zu Minute mehr Leute kamen. Alle Teams waren versammelt, und ihre Hilfsmannschaften stapelten gerade die letzten Ausrüstungsgegenstände, damit die Teams sie einsammeln konnten, als der Pfiff ertönte.

Arme legten sich um seine Taille, und er blieb stehen und bedeckte ihre kleinen Hände mit seinen. Sie hatte ihr Gesicht an seinem Rücken vergraben, ihr Atem war warm auf seiner Haut. Sie zitterte, und er drehte sich um und bückte sich, um sie in seine Arme zu schließen. Sie blieben einen Moment so und atmeten einfach die Luft des anderen ein. Es fühlte sich so verdammt richtig an, sie zu halten.

Er küsste sie sanft auf die Stirn. „Bist du okay?"

Sie nickte schnell. „Ich werde mich vielleicht ein paarmal übergeben müssen, aber ich gebe nicht auf." Ihre entschlossenen Worte ließen sein Herz höher schlagen. Sie würden wirklich ein wunderbares Paar sein, wenn sie sich erst einmal mit ein paar kleineren Widrigkeiten, wie ihrem Problem, was das Wandeln anging, befasst hatten. Und ihrer Weigerung, sich auf eine Paarung mit ihm einzulassen. Wenn sie dafür gesorgt hatten, dass –

Jared stieß sie an, und sie lösten sich voneinander, bevor er ihnen zwei Schwimmwesten in die Hände drückte. „Versuch bitte, über Bord zu kotzen."

Maggie gab Jared einen Schlag auf den Arm. „Und du belausch nächstes Mal keine privaten Gespräch mehr. Wenn ich mich übergeben muss, dann tue ich das, wo und wann immer ich will. Verstanden?"

Jareds Miene wirkte überrascht, und er senkte unterwürfig den Kopf. Maggie stand etwas aufrechter, und Erik verbarg sein Grinsen. Es schien, als finge seine kleine Wölfin an, ihren Platz im Rudel zu spüren.

Er drehte sich um, um sich zu versichern, dass TJ seine Schwimmweste richtig angelegt hatte. Der Junge stieß kreative Flüche aus und wiederholte sich dabei kaum.

„Weiß dein Bruder, dass du so talentiert mit Worten bist?"

TJ schnaubte. „Was denkst du, von wem ich das gelernt habe? Na ja, von ihm und Robyn. Sie ist unglaublich gut darin, in Gebärdensprache zu fluchen."

„Warum fluchst du überhaupt?"

„Ich werde das vermasseln. Ich weiß es einfach. Ich werde irgendeine Katastrophe auslösen."

„Warum?"

TJ sah ihn an, als wäre ihm ein dritter Kopf gewachsen. „Weil ich *ich* bin. Du weißt, dass ich keine sechs Meter laufen kann, ohne mit dem Gesicht im Dreck zu landen."

Erik zuckte mit den Schultern. „Du erholst dich aber ziemlich schnell. Und jetzt schwing einfach deinen Arsch ins Boot." Er zog die Gurte von TJs Rettungsweste fester und trat dann zurück, um seine eigenen festzuzurren.

TJ starrte ihn weiter an. „Wie kannst du nur so verdammt ruhig sein, wenn die Wahrscheinlichkeit groß ist, dass ich das für uns versauen werde, wie ich immer –"

„Genug." Erik ließ seine Macht auf den Jungen wirken, den er leicht um einen Kopf überragte. „Ich lasse niemanden so über dich reden, nicht einmal dich selbst. Gib einfach dein Bestes. Das ist alles, was wir verlangen. Wenn irgendwas schiefgeht, korrigierst du es so gut wie möglich."

Die Panik in TJs Augen ließ etwas nach.

Ein durchdringender Pfiff erklang, und das Team versammelte sich um Erik.

„Okay, da ist die Fünf-Minuten-Warnung. Das sind Kanus – sie haben einen flachen Boden, sind also schön stabil. Ich möchte Jared vorn haben und TJ und Maggie nebeneinander in der Mitte. Ich bin hinten und steuere. Was haltet ihr davon, die zusätzlichen Bojen zu versuchen? Ja oder nein?"

TJ warf dem Team einen Blick zu. „Ich werde einfach paddeln und meinen Arsch im Sitz halten. Ich werde tun, was auch immer du entscheidest."

Maggie kaute auf ihrer Lippe. „Sind die Bojen weit weg von unserer Ideallinie?"

Erik schüttelte den Kopf. „Sieht so aus, als könnten wir im Großen und Ganzen in der Strömung bleiben. Wir werden das auf jeden Fall machen wollen, um die beste Zeit zu erzielen. Der schnellste Weg flussabwärts ist keine gerade Linie. Wenn wir uns den Felsen nähern, müssen wir rechts bleiben." Er sah Maggie an. „Hast du jemals die Stromschnellen gesehen, als du in Whitehorse gelebt hast?"

„Wenn überhaupt ist das schon lange her."

„Es gibt vier Türme aus Granit, die den Fluss in fünf Abschnitte teilen. Der Weg ganz rechts ist am besten, aber das Wichtigste ist, die Türme selbst und die Kanäle ganz links zu meiden. Links gibt es Wirbel und da drüben ein paar unangenehme Unterströmungen. Wenn wir näher kommen, hört einfach auf meine Anweisungen. Die ersten paar Minuten im Kanu werden wir nutzen, um Paddeln zu üben."

„Was ist mit den Symbolen?" Jared zappelte auf der Stelle, während er wartete.

„Maggie, ich möchte, dass du versuchst, sie dir zu merken. Beschreib sie laut, wenn du sie siehst, und wir alle werden versuchen, uns daran zu erinnern, aber ich möchte nicht, dass wir alle vier auf die verdammten Dinger starren, sonst landen wir sicher im Wasser."

Der letzte Pfiff ertönte, und es gab keine Zeit mehr für Diskussionen. Die Startpistole wurde abgefeuert, und sie rannten über das Gras, um sich Paddel zu schnappen. Sie sprinteten zur Seite ihres Kanus und schleppten es bis zum Rand des Wassers. Jared sprang, TJ fiel und Maggie schwang sich anmutig hinein, als er sie in die Strömung hinausschob.

„Ich hasse nasse Socken", beklagte sich Jared von vorn.

Maggie warf einen Blick auf seine Füße. „Du hast keine Socken an."

Erik lachte. „Okay. Lasst uns das ausprobieren. Alle auf der rechten Seite ziehen."

Sie übten das Manövrieren des Kanus, bis Erik das Gefühl hatte, dass sie die Fahrt zumindest überleben würden. Der Rest der Konkurrenten hatte sich um sie herum versammelt. An der Spitze waren zwei Kanus, eine Gruppe von sechs oder sieben Booten dicht um das

Granite-Lake-Team und ein weiterer größerer Klumpen dahinter.

„Boje nähert sich rechts!", rief Jared.

Erik beobachtete den Fluss. „Wir werden es versuchen, dann müssen wir weiter nach links rüber."

Drei weitere Kanus steuerten alle in die gleiche Richtung, und plötzlich wurde der Fluss voller. Erik richtete ihr Boot aus, aber es war zu spät. Ein Kanu rammte ihren Bug, ein anderes stieß gegen die gegenüberliegende Seite.

„Scheiße!" TJs Paddel flog. Es gelang ihm, sich am Sitz festzuhalten, während das Boot schaukelte, und er darum kämpfte, das Gleichgewicht wiederzugewinnen.

Erik ruderte kräftig, während Maggies leise Stimme die Rufe der anderen Teams übertönte. „Ich habe das Symbol gesehen. Wir können weiter."

Sie zogen sich aus dem Chaos der Boote zurück.

Als sie wieder in der Strömung waren, griff Erik unter seine Füße und stieß dem fluchenden TJ mit einem Ersatzpaddel in den Rücken.

„So ein schmutziges Mundwerk, und damit isst du? Hier." Der Ausdruck der Freude auf TJs Gesicht brachte Erik zum Grinsen. „Halt es diesmal einfach gut fest, okay? Wir haben nur noch ein Ersatzpaddel."

„Ich dachte, du solltest die Symbole rufen, Maggie?" Jared warf ihr einen Blick über die Schulter zu.

„Ich dachte mir, nur für den Fall, dass es die anderen nicht sehen, sollte ich es nicht vor allen rausposaunen. Es sah aus wie ein Cowboyhut mit einem Dreieck darunter."

Die Boote verteilten sich langsam auf dem Fluss. Immer noch paddelten Zweier- und Dreiergruppen nebeneinander, doch mit jeder Boje gelang es dem Granite Lake-Team, einen weiteren seiner engsten Konkurrenten hinter sich zu lassen. Sie schafften es an drei weiteren Bojen vorbei, bevor Erik entschied, dass es genug war.

„Die Stromschnellen sind gleich um die Ecke. Konzentrieren wir uns darauf, stark ins Ziel zu kommen und verzichten auf die letzten Hinweise."

Das Team schwieg einen Moment, bevor Maggie zugab: „Ich werde langsam müde."

Jared nickte. „Ich stimme auch dafür, durchs Ziel zu kommen. Wenn ihr die Kanus vor uns bemerkt habt, keins von ihnen hat angehalten, um Hinweise zu sammeln. Ich denke, die vier, die wir haben, sind genug."

Sie richteten sich auf einen Paddelrhythmus ein. Es war eine gewisse Freude, sich auf diese Weise synchron mit der Gruppe zu bewegen. Nicht so gut wie das Laufen im Rudel, aber dennoch mit Rhythmus und Schönheit. Erik bewunderte Maggies Arme und Schultern beim Paddeln und beobachtete die Art und Weise, wie sich ihre Muskeln unter der Haut bewegten.

Er würde gern sehen, wie sich ihr Körper auf ihm bewegte und hin und her wiegte – verdammt! Dies war nicht der richtige Zeitpunkt, sich ablenken zu lassen und an seine Gefährtin zu denken.

Er lenkte sie in den sichersten Kanal, als Lärm hinter ihnen ihn dazu veranlasste, über seine Schulter zu blicken.

Scheiße!

„Heilige Scheiße! Hast du das gesehen?", keuchte Jared.

„Augen nach vorn, Jared! Du musst dich auf deine Aufgabe als Ausguck konzentrieren."

„Aber sie haben das andere Team ins Wasser gestoßen!"

Erik schüttelte den Kopf. „Weiterpaddeln, Leute. Ja, wir haben es mit einem Team zu tun, das eine ungewöhnliche Methode versucht, um Punkte zu sammeln. Konzentriert euch auf den Fluss vor uns und lasst die

Schummler meine Sorge sein." TJ und Maggie tauschten besorgte Blicke aus, bevor sie wie verrückt paddelten. „Whoa, kein Stress! Einfach paddeln. Vertraut mir."

Erik lachte leise. Er hatte sich gefragt, wann jemand kreativ werden würde. Während Wölfe bei der Führung eines Rudels einem strengen Verhaltenskodex folgten, lautete eine der Unterregeln, dass man, wenn man stark genug war, seine eigenen Regeln aufstellen konnte.

Ein weiterer Schrei erklang von hinten, und er beobachtete einen Moment lang, wie das Schummlerteam neben sein nächstes Opfer paddelte und das Boot mit wenig Mühe zum Kentern brachte.

Erik dachte über eine Verteidigung nach und kam zu dem Schluss, dass ihnen das Hören und Sehen vergehen würde. „TJ, erinnerst du dich, als wir das Familientreffen den Stikine hinunterbegleitet haben?"

„Machst du Witze? Ich habe immer noch Alpträume ... oh nein! Heilige Scheiße, das ist doch nicht dein Ernst –?"

„Auf meinen Befehl."

„Oh Shit, ja, Sir!"

„Erik. Was ist los?" Maggie klang verängstigt, und er wollte sie beruhigen, aber es blieb keine Zeit. Sekunden später war das andere Kanu an ihrer Seite, drei der Mannschaft bereit, die Seite des Granite-Lake-Bootes zu packen.

„Jetzt?", fragte TJ mit hoher, quietschender Stimme.

„Warte ..." Erik warf einen Blick auf den Captain am Heck des anderen Boots. Er hätte es wissen müssen. „Darren. Amüsierst du dich bisher gut? Du und das Team?" Es gab nicht viele Leute, die Erik wirklich nicht leiden konnte, doch Darren stand ganz oben auf seiner Shitlist.

Der Captain des Anchorage-Teams erschrak über Eriks gelangweilte Bemerkung, dann grinste er breit und zeigte seine Reißzähne. „Ausgezeichnet. Wir sehen uns tropfnass im Ziel."

Erik zuckte mit den Schultern. „Wenn du darauf bestehst? Jetzt, TJ!"

TJ sprang und seine langen Gliedmaßen schleuderten ihn in die Luft und über Bord. Er landete schwer im Nachbarboot.

Maggie quietschte, als ihr Kanu schaukelte. Jared ließ sich auf den Boden fallen, um es zu stabilisieren. Erik warf sich ebenfalls hin und schlug mit seinem Paddel auf die Fingerknöchel des anderen Teams, wo sie sich an seinem Boot festklammerten.

Schmerzensschreie hallten über das Wasser, die Hände ließen los und mit einem dumpfen Schlag bewegten sich die Boote voneinander weg.

„Was zum Teufel soll da –?" Auf Darrens wütenden Schrei folgte ein gewaltiges Platschen.

Erik, Maggie und Jared richteten sich langsam auf und sahen zu, wie die gegnerische Mannschaft um ihr gekentertes Boot herum Wasser traten. Irgendwie war ihr Kanu umgekippt. TJ klammerte sich unsicher am Boden fest, seine Arme und Knie gespreizt, als wäre er in Wolfsgestalt. Erik lachte über Darrens Gesichtsausdruck, bis ihn eine Veränderung im Rauschen des Wassers alarmierte.

Alle drehten sich um und sahen, wie sich die Felstürme schnell näherten. Sie schnappten sich ihre Paddel und rutschten zurück in Position.

„Zieh rechts Maggie! Jared, vorne links! Keine Panik, wir haben Zeit."

„Was ist mit TJ?", fragte Maggie mit Sorge in der Stimme.

„Er wird wahrscheinlich nass werden. Wir dachten von

Anfang an, dass das eine sehr reale Möglichkeit ist. Paddeln! Paddelt, als ob euer Leben davon abhängt!" Erik schätzte die Entfernung zu den nahenden Felsen ein. Endlich waren sie richtig ausgerichtet. *Gut.* Sie hatten noch Zeit. „Und jetzt zurückpaddeln. Jetzt!"

Der Wasserschwall zwang sie vorwärts, egal, wie sehr sie dagegen ankämpften, aber es bremste sie genug, dass das Kanu mit TJ an Bord sie einholen konnte. Alles könnte umsonst sein, wenn das nicht funktionieren würde.

Erik kniete sich auf den Boden seines Boots und spreizte die Knie weit, um das Schaukeln zu verringern. „Wenn ich rufe, macht euch bereit."

Er holte tief Luft, streckte eine Hand aus und packte TJs Handgelenk. „Jetzt!"

Ein kräftiger Ruck ließ TJ über den Abstand zwischen den Kanus fliegen, wobei er wild mit Armen und Beinen um sich schlug. Er landete vor Erik und keuchte, als das andere Kanu sich überschlug und sich mit Wasser füllte.

„Erik!", rief Jared zur Warnung.

Es blieb ihm keine Zeit, etwas anderes zu tun, als sein Paddel aufzuheben und es ins Wasser zu stoßen. Erik beugte sich vor, benutzte das Paddel wie ein Ruder und lenkte sie von der sich schnell nähernden Felsformation weg.

Jared jubelte, als ein plötzlicher Wirbel sie an den zerklüfteten Felskanten vorbei in die Sicherheit der ruhigeren Seite des Flusses zog.

Sie lehnten sich zurück und ließen sich von der Strömung tragen, während sich das Boot langsam im Kreis drehte. Erik holte tief Luft und starrte in den Himmel. Der Adrenalinpegel sank, sein hämmernder Herzschlag beruhigte sich.

Lauter Jubel wehte von den Zuschauern auf den

Aussichtsplattformen herüber, als Granite Lake die Ziellinie überquerte. Erik brachte sie weiter unten am Fluss ans Ufer und war mit den Bemühungen seines Teams mehr als zufrieden.

Maggie und Jared stiegen zuerst aus und unterhielten sich aufgeregt, während sie am Ufer darauf warteten, dass er sich zu ihnen gesellte. Er hob Maggie hoch und wirbelte sie herum. Sein Herz machte einen Sprung, als sie ihm einen großen, schmatzenden Kuss gab und sich dann an seinem Hals hängte und vor Freude strahlte.

„Das war toll! Können wir das nochmal machen?"

Er lachte. „Ich wusste, dass du eine abenteuerliche Ader hast. Du hast dich nicht einmal übergeben."

Sie ließ ihren Kopf auf seine Schulter sinken und sprach leise. „Ich bin nicht glücklich darüber, mit den anderen Wölfen zusammen zu sein, aber mit dir zusammen zu sein fühlt sich immer besser an. Ich ... mag dich, Erik. Ich mag deinen Sinn für Gerechtigkeit."

Ihr Geständnis begeisterte ihn mehr als die Bewältigung einer weiteren Herausforderung. Er drückte sie an sich, bevor er sie vorsichtig absetzte und einen Arm um ihre Schultern legte, um sie vor den anderen ankommenden Teams zu schützen.

Als er einen Blick in ihr Boot warf, stellte er fest, dass TJ immer noch mit geschlossenen Augen und einem breiten Grinsen im Gesicht da lag.

Erik ging neben dem Boot in die Hocke. „Hast du nicht vor, mit uns zu kommen? Denn wenn du über Nacht bleiben willst, kann ich dir eine Pizza oder sowas holen."

TJ öffnete die Augen und atmete tief und zufrieden aus. „Ich habe es nicht vermasselt, oder?"

Erik lachte. „Nein. Du hast es verdammt gut gemacht."

TJ setzte sich auf und nickte. „Vielleicht gibt es doch Hoffnung für mich."

„Vielleicht." Erik stand auf und streckte die Hand nach Maggie aus.

Sie legte eine Hand auf ihren Mund, und ihre Augen weiteten sich, als sie lautes Platschen hörte. Das Kanu trieb flussabwärts davon, während TJ sich am Seil festhielt.

Er bewegte sich im Wasser auf und ab und fluchte leise vor sich hin. Erik seufzte. „Andererseits vielleicht auch nicht."

Darren und sein Team kamen mit grimmigen Mienen vorbeigestapft. Der Anführer drehte sich zu Erik um und musterte dabei Maggies Körper. Erik schob sich vor sie. Er wollte den Arsch nicht in ihrer Nähe haben. Nicht, nachdem sie so weit gekommen war, sich ihren Ängsten zu stellen.

„Gute Teamarbeit, Erik." Darren knurrte. „Willst du mich nicht deiner Lady vorstellen?"

Maggie duckte sich unter seinen Arm und vergrub ihr Gesicht an Eriks Seite. „Sieht so aus, als hätte sie kein Interesse. Verzieh dich, hier gibt's nichts für dich."

Darren hob eine Augenbraue und sein Blick wanderte zwischen Erik und dem kleinen Teil von Maggie hin und her, der noch zu sehen war. „Interessant. Wir sehen uns bei der nächsten Herausforderung."

Sie stapften mit triefenden Kleidern davon.

9

———

Maggie klopfte an die Tür des Hotelzimmers neben ihrem. Ihr Herz pochte so laut, dass sie überrascht war, dass sie sie nicht schon draußen stehen hören konnten. Sie wollte das eigentlich nicht tun, aber da sie keine Alternative sah, würde sie sich zusammenreißen und sich zwingen, sich zu amüsieren. Wenn sie nicht zuerst vor Nervosität ohnmächtig wurde.

Jared öffnete die Tür und pfiff anerkennend. „Mein Gott, du hast dich hübsch gemacht!"

Maggie drehte sich im Kreis, die Lagen ihres Rocks wirbelten um sie herum. Da sie jetzt wusste, dass er in Sicherheit war, erinnerte Jared sie an nichts Gefährlicheres als einen Golden Retriever. „Vielen Dank. Ist der Rest meines Harems bereit, mich zum Ball zu begleiten?"

Er schnaubte und bedeutete ihr, hereinzukommen. „TJ ist immer noch unter der Dusche, und Erik ist vor einer halben Stunde verschwunden und hat gesagt, er müsse ein paar Sachen besorgen."

Maggie setzte sich in den weich gepolsterten Sessel in der Ecke der großzügigen Suite. Hinter ihr war eine Bar, neben ihr ein bequemes Sofa vor einem riesigen Wandfernseher und einem Schreibtisch mit Drucker daneben. „Ich kann nicht fassen, dass sie uns in einem Fünf-Sterne-Hotel in Dawson City untergebracht haben. Ich habe noch nie so viel Luxus erlebt wie in den letzten drei Tagen."

Jared hob eine Augenbraue. „Was? Nur weil wir Wölfe sind, heißt das nicht, dass wir nicht wissen, wie man sich in der High Society benimmt." Er rückte den Kragen seines weißen Hemdes zurecht und schlüpfte in einen Blazer. Maggie bewunderte das Ergebnis. Der Junge war eine wandelnde Werbung für eine Wolfsversion der GQ. „Verdammt, kannst du mir damit helfen? Ich bekomme das nie gerade."

Sie schob seine Hände aus dem Weg, um seine Krawatte zu binden. „Hier zu sein ist einfach ein Kontrast. Sie fangen mit einer Wanderung durch die Wildnis an, werfen uns in den Yukon River und setzen uns dann in Dawson ab, um zu warten? Ich meine, ich habe das Sightseeing und Schlafen in einem richtigen Bett geliebt. Und das Essen ... oh mein Gott, ich habe locker zehn Pfund zugenommen." Sie zuckte mit den Schultern. „Ich dachte, sie würden uns sofort zum nächsten Wettkampf schicken."

Er trat einen Schritt zurück, um sich im Spiegel zu betrachten. „Denk daran, dass die Spiele das Wolfsäquivalent der Olympischen Spiele sein sollen. Ja, wir wollen alle unser Bestes geben, aber es geht auch um die Beziehungen zwischen den Rudeln. Es ist eine Chance zu zeigen, dass wir zusammen sein können, ohne wie früher Territorialkriege anzuzetteln."

Maggie ließ sich wieder in den Sessel fallen. „Jared ... ich muss ein Geständnis machen. Ihr vom Granite-Rudel seid nicht wie die Wölfe, die ich bisher getroffen habe."

TJ kam splitternackt und tropfnass aus dem Badezimmer und sang lauthals in eine Haarbürste.

Jared beobachtete ihn einen Moment lang, bevor er sich mit hochgezogener Augenbraue zu Maggie umdrehte. „Was hast du gerade nochmal gesagt?"

Sie prustete vor Lachen. Jared stimmte mit ein, und die beiden rangen nach Luft, während TJ mit verwirrter Miene in der Mitte des Zimmers stand. „Was?"

Da öffnete sich die Tür, und Erik kam herein und musterte TJ, während er um ihn herum ging. „Interessante Aufmachung. Wie ich sehe, hast du dich für den superformellen Look entscheiden."

„Ha-ha." TJ schlang ein Handtuch um seinen Körper und nickte dann Erik in Jeans und T-Shirt zu. „Was ist los mit dir? Das ist nicht deine übliche Abendgarderobe."

„Nein."

Maggie stand auf, um Erik genauer zu betrachten. In den letzten paar Tagen war er von morgens bis abends an ihrer Seite gewesen, hatte sie auf Ausflüge mitgenommen und in den Souvenirläden Schmuck für sie gekauft. Sie beschützt, wenn sich zu viele Wölfe um sie herum gedrängt hatten. Dann hatte er ihr vor ihrem Zimmer einen Gute-Nacht-Kuss gegeben und war gegangen. Hatte sie dazu gebracht, sich vor Sehnsucht und Verlangen nach ihm zu verzehren, dass sie bereit war, hier und jetzt die Kleider von seinem Gladiatorenkörper zu reißen, um die Triebe zu stillen, die in ihr pulsierten.

Diese Gefährten-Sache geriet ernsthaft außer Kontrolle.

Er zwinkerte. „Ich dachte, Maggie und ich würden das offizielle Abendessen auslassen. Ihr zwei geht als Vertreter des Granite-Lake-Rudels."

Erleichterung breitete sich in ihr aus, der

Spannungskopfschmerz in ihrem Nacken verschwand auf einen Schlag. „Du meinst, was du sagst?"

Er deutete auf den Korb, den er auf den Sofatisch gestellt hatte. „Ich habe mich in der Küche bedient. Wie hört sich ein privates Picknick für zwei an?"

Sie warf sich in seine Arme und vergrub ihr Gesicht an seinem Hals. Sie atmete tief ein, sein Duft erfüllte ihren Kopf und beruhigte ihre Nerven.

„Danke", flüsterte sie. Er hatte es gewusst. Er hatte verstanden, dass sie immer noch nicht in einem Raum mit fremden Wölfen sein konnte.

Jemand räusperte sich, und ihr wurde klar, dass sie sich nicht nur an Erik klammerte, sondern auch ihre Beine um seine Taille geschlungen hatte und sie ziemlich eng aneinander gepresst waren. Nicht, dass es ihr peinlich gewesen wäre – Wölfe waren ziemlich aufgeschlossen, wenn es um Sex ging –, aber wenn sie nicht bald losließ, würden sie den anderen eine Show bieten, und sie wollte unbedingt mit ihm allein sein.

Erik ließ sie vorsichtig herunter und strich mit seinen Fingerknöcheln über ihre Wange, bevor er sie bei der Hand nahm. „Jungs, ich erwarte von euch, dass ihr euch von eurer besten Seite zeigt. Ich möchte nicht zu Diamond Tooth Gertie gerufen werden und herausfinden, dass ihr euch mit jemandem angelegt habt."

Jared zwinkerte. „Heute Abend bin ich ein Lover, kein Kämpfer." Er wandte sich TJ zu. „Hast du die Frau im norwegischen Team gesehen? Wohoo! Sie gehört mir."

Maggie hielt Erik fest, als er sie aus dem Zimmer und den mit Kunst dekorierten Flur entlang führte. „Bekommen wir Ärger, wenn wir nicht teilnehmen?"

Er schüttelte den Kopf. „Die Teilnahme ist optional. Die Jungs werden sich amüsieren, es wird jede Menge Sex in allen Winkeln und Separees geben, und ein Team wird rausgeworfen werden, weil es versucht, eine Schlägerei anzuzetteln. Das Übliche, wenn eine große Gruppe Wölfe zusammenkommt."

Oh Gott, jetzt war sie noch glücklicher, nicht teilnehmen zu müssen

Sie gingen schweigend die historische Promenade entlang, während Maggie langsam und tief die frische Luft einatmete. Über ihnen blieb der Himmel taghell.

Erik bemerkte, dass sie nach oben blickte. „Wir sind weit genug nach Norden gefahren, dass die Sonne erst nach Mitternacht untergehen wird."

Sie nickte. „Ich habe diesen Teil des Nordens vermisst. Bevor wir von Whitehorse weggezogen sind, habe ich es geliebt, lange aufzubleiben und joggen zu gehen –"

Ihre Kehle schnürte sich zu, und er drückte ihre Hand. Er führte sie zwischen die Bäume und einen schmalen Pfad hinauf. Als sie über der Stadt aus dem Wald herauskamen, konnte sie wieder atmen.

Sie stand da und blickte auf die schmalen Straßen hinunter, die sich an den Yukon River schmiegten, und in den Hügeln auf der anderen Seite waren noch immer die Narben der Jahre des Goldabbaus zu sehen. Die gewaltigen Maschinen waren den Geldwäschern gefolgt und hatten Gesteins- und Erdschichten weggeschaufelt, um auch das letzte bisschen Gold zu bergen, und hatten haufenweise Schutt hinterlassen.

Das war sie.

Vernarbt. Geschlagen und auseinandergerissen, bis nichts mehr von Wert übrig war. Zumindest hatte sie sich so gefühlt, bevor sie Erik getroffen hatte. Sie seufzte. Wenn es nur so einfach wäre, die Steine wegzuschaufeln und

Blumen zu pflanzen, um die Narben an ihrem Herzen zu schließen.

Erik legte seine Arme von hinten um sie und zog sie an seinen warmen Körper. „Wir müssen uns heute Abend damit auseinandersetzen. Ich bin mir ziemlich sicher, dass wir für die nächste Herausforderung wandeln müssen. Wir müssen reden."

Wut loderte in ihr auf. „Hier geht es darum, dass ich wandeln soll? Für die Spiele?"

Sie hätte sich seinem Griff entzogen, doch plötzlich war es, als hielten Eisenbänder sie fest.

„Nicht! Ich weiß, dass du Angst hast, aber versuch bitte nicht, einen Streit daraus zu machen, um nicht mit mir reden zu müssen. Ich habe dir Zeit und Raum gegeben. Ich will nur das Beste für dich, und wenn du mich fragst, mir ist es scheißegal, ob du dich jemals in einen Wolf verwandelst."

Er drehte sie um und ergriff ihr Kinn, seine dunklen Augen suchten ihre aufmerksam.

„Ich weigere mich, tatenlos zuzusehen und dich morgen unvorbereitet antreten zu lassen. Wenn ich recht habe, wirst du von Dutzenden Wölfen umgeben sein. Ich werde nicht zulassen, dass du in eine solche Situation gerätst, ohne dass ich vorher versuche, dir wenigstens einen Teil deiner Ängste zu nehmen. Du hast mich gebeten, zu warten, bevor wir uns paaren, und obwohl es die Hölle war, habe ich gewartet. Aber bitte mich nicht, nicht dein Gefährte zu sein und dich nicht zu beschützen, wenn ich kann. Weil ich es nicht tun werde. Mein Wolf lässt das nicht zu, und meine menschlichen Moralvorstellungen auch nicht."

Sie starrte ihn an, und ihre Glieder zitterten, als ihr zum ersten Mal klar wurde, dass sie mit jemandem zusammen war, der stärker war als sie und dem sie wirklich vertrauen konnte. Der Schmerz in ihrer Seele trieb sie an.

„Du wirst es Missy nicht verraten?"

Er zuckte überrascht zurück. „Weiß sie es nicht?"

Sie schüttelte den Kopf. „Sie weiß das eine oder andere, aber –" Sie schämte sich. Ihre eigene Schwester hatte unter Maggies Schwäche gelitten.

Er breitete die Decke aus, die er mitgebracht hatte, setzte sich und zog sie auf seinen Schoß. Ihren Kopf an seine Brust zu legen und ihm nicht in die Augen zu blicken, erleichterte das Sprechen. Sie dachte einen Moment nach und erzählte dann einfach ihre Geschichte.

„Ich weiß nicht, warum wir von Whitehorse weggezogen sind. Mom und Dad sind gestorben, bevor ich eine echte Antwort von ihnen bekommen habe, aber Missy und ich hatten immer den Verdacht, dass es was mit unserem neuen Alpha in Whistler zu tun hatte. Er hat etwas herausgefunden, mit dem er Dad erpresst hat, um ihn dazu zu bringen, umzuziehen. Sobald wir beim Rudel in Whistler waren, gab es für keinen von uns ein Entrinnen."

Sie schluckte schwer. „In dem Sommer, in dem ich siebzehn war, ist Missy einundzwanzig geworden. Unser Alpha wollte, dass sie seinen Bruder heiratet. Er hat versucht, die Kontrolle über ihre Omega-Fähigkeiten zu erlangen, aber wir wussten das damals noch nicht. Missy wusste nur, dass Jeff nicht ihr Gefährte war, und lehnte ab. Also –" Sie zitterte und schmiegte sich tiefer in seine Arme, als ob seine Präsenz sie vor den Erinnerungen schützen könnte.

„Haben sie dich angegriffen?"

Sie nickte. „Ich bin geflohen. Ich habe mich in Menschengestalt versteckt, und als sie mich gefunden haben, habe ich gewandelt und bin wieder geflohen. Es waren sechs oder sieben von ihnen, und jedes Mal, wenn ich gewandelt habe, gab es jemanden in dieser Gestalt, der mich gequält hat. Sie haben mich geschlagen." Ihre Stimme brach. „Sie haben mir wehgetan."

Sein Körper verspannte sich unter ihr, Empörung und Wut strömten von ihm aus und bildeten eine schützende Mauer um sie herum. Im Moment konnte ihr nichts etwas anhaben. Er streichelte einen Moment lang schweigend ihr Haar, sein Herz hämmerte unter ihrem Ohr.

„Haben sie dich vergewaltigt?" Er sprach leise, sanft.

„Ich weiß nicht!" Sie lehnte sich zurück, um ihn anzustarren. „Es klingt so dumm, aber ich kann mich wirklich nicht erinnern. Ich kann spüren, wie sie mich – meinen menschlichen Körper – gepackt und zu Boden geworfen haben. Ich habe mich verwandelt, und dann waren Wölfe auf mir und haben versucht, mich zu besteigen. Ich habe wieder meine Menschengestalt angenommen, und sie haben mir die Haut aufgerissen." Sie hob ihre Bluse hoch und drehte sich, um ihm die Narben entlang ihres unteren Rückens und ihrer Hüften zu zeigen. „Ich habe in kurzer Zeit so oft meine Gestalt gewandelt, dass ich vor Erschöpfung ohnmächtig geworden bin. Das Nächste, woran ich mich erinnere, ist, wie ich zu Hause im Bett lag und Missy mir erzählt hat, dass sie mit Jeff verlobt war. Dad hatte dem Alpha Versprechungen gemacht, und sie war wütend. Ich habe nie ein Wort gesagt, aber ich weiß, dass es meine Schuld war, dass sie in dieser Ehe gelandet ist. Dad hat sie verkauft, um mich zu retten."

Sie dachte, sie hätte darüber schon alle Tränen vergossen. Dachte, der Brunnen sei versiegt und sie hätte nichts mehr übrig als einen kalten Stein als Herz. Aber in Eriks Armen und umgeben von seinem Duft, entdeckte sie Kummer, von dem sie nie geglaubt hätte, dass sie ihn immer noch festhielt. Laute, zittrige Schluchzer beutelten sie, bis sie nach Luft rang.

Erik hielt sie, wiegte sie, und seine Präsenz umarmte sie noch fester als seine Arme. Er übergoss sie mit Liebe und Akzeptanz. Seine darunter brodelnde Wut machte ihr keine Angst. Sie gab ihr die Gewissheit, dass sie nie wieder mit einer solchen Situation konfrontiert werden würde.

Als sie wieder sprechen konnte, zitterte ihre Stimme. „Ich bin gleich danach gegangen und nie wieder zurückgekehrt. Ich habe im Sommer gearbeitet und an der UBC studiert und mich nie mehr in einen Wolf verwandelt. Missy und ich blieben per E-Mail und Telefon in Kontakt, insbesondere nachdem Mom und Dad bei einem Autounfall ums Leben gekommen waren, aber ich habe mich geweigert, nach Whistler zurückzugehen. Hin und wieder habe ich Leute aus dem Rudel gesehen, die im Flur herumgelungert sind, wenn ich aus meinen Kursen gekommen bin, als würden sie mich im Auge behalten." Sie schauderte. „Einmal haben sie versucht, in die Wohnung zu kommen, die ich mir mit Pam geteilt habe, aber ich habe ihr gesagt, es seien Cousins, die ich nicht sehen wollte, und irgendwie ist sie sie losgeworden."

„Ich wusste, dass ich dieses Mädchen aus einem bestimmten Grund mochte."

Sie schnaubte und wischte sich die Tränen von den Wangen. „Ja, also, sie findet dich ein bisschen seltsam. Weißt du, sie ist so ziemlich die beste Freundin, die ich je hatte. Mutig und loyal und furchtlos und lustig zugleich. So oft wollte ich ihr erzählen, dass ich ein Wolf bin, aber ich konnte es nicht. Ich konnte nicht riskieren, dass sie mich auch verlässt."

Erik reichte ihr ein Taschentuch, und sie wischte sich das Gesicht sauber. Sie schmiegte sich wieder in seine

Arme, und sein Trost heilte ihren Schmerz. Sie saßen lange zusammen, Erik streichelte ihren Rücken und flüsterte in einer Sprache, die sie nicht verstand. Sie hatte keine Ahnung, was er sagte, aber die Worte beruhigten sie und entspannten die ausgefransten Kanten ihres Herzens.

„Ich kann verstehen, warum es dir Angst macht, in der Nähe von Wölfen zu sein. Nicht nur, dass dein Alpha ein mieser Bastard war, das ganze Rudel war verdorben."

Maggie fuhr mit der Hand über seinen Unterarm und streichelte seinen Bizeps. Als sie ihn berührte, fühlte sie sich viel besser. „Ich bin überrascht, dass du ihnen nicht die Kehle rausreißen willst."

„Oh, ich spiele mit dem Gedanken. Aber dein Schwager Tad hat den Alpha, der die ganze Sache angestiftet hat, schon getötet. Was ich als Vergeltung für die Sünden der anderen vorhabe, musst du nicht wissen."

Sie setzte sich schnell auf. „Du wirst sie dir nicht vornehmen."

„Sie haben dir wehgetan, du bist meine Gefährtin. Es muss eine Abrechnung geben."

„Ich habe dir das nicht erzählt, damit du überstürzt losziehst und Leute tötest."

Erik hob eine Augenbraue. „Sie töten? Okay, ich hatte an andere Dinge gedacht, aber jetzt, wo du es erwähnst –"

„Hör auf. Es ist schon lange her. Sieben Jahre sind vergangen."

„Trotzdem leidest du immer noch. Klingt, als hätte ich guten Grund, ihnen wehzutun."

Sie öffnete den Mund, um etwas zu sagen, und erstarrte dann. Oh verdammt. Verdammt, verdammt, verdammt.

Er hatte recht.

Maggie kroch von seinem Schoß und starrte entsetzt in seine dunklen Augen. In ihrem Kopf ging eine Glühbirne an, und sie konnte sich wieder deutlich in dem Raum sehen, während die Wölfe sie angegriffen hatten. Es war, als hätte sie die Tür zugeschlagen und sie nie wieder geöffnet.

Sie ging auf die nahegelegenen Bäume zu und rang mit der Offenbarung. Sie hatte jahrelang unter seelischen Schmerzen und Verwirrung gelitten. Einsamkeit, wie sie nur ein von der Familie getrenntes Rudelwesen erleben konnte. Sogar die körperliche Schwäche, die durch das Einsperren ihres Wolfes verursacht worden war –

Nichts davon war notwendig gewesen.

Sie drehte sich zu ihm um. Ihr sanfter Riese, der ihren Blick mit Liebe in den Augen erwiderte, mit Sorge und Wut in seinem Herzen. Er hatte in den letzten Tagen so oft genau gesehen, was sie brauchte. War es ihre Verbindung als Gefährten, die es ihm ermöglichte, die Mauern niederzureißen und ihr zu helfen, sich zu befreien?

Plötzlich wurde ihr ein Teil dessen bewusst, was sie brauchte.

Ihn.

Zwei Schritte nach vorn brachten sie zu ihm zurück. „Hier geht es nicht um sie, es geht um mich." Er wollte etwas sagen, doch sie hob ihre Hand. „Nein, warte und hör mir zu. Es stimmt, ich leide immer noch. Ich habe mich jahrelang bewusst von Wölfen ferngehalten. Ich habe meine Schwester nicht besucht, und es ist mir schon seit Ewigkeiten nicht mehr gelungen zu wandeln. Sie haben einen Teil von mir gestohlen, und ich habe es zugelassen. Scheiße, *ich* habe es zugelassen."

„Maggie ... nein, mach dir keine Vorwürfe. Sie waren diejenigen, die Unrecht hatten. Du hast nichts getan, dass du das verdient hättest."

Sie schüttelte den Kopf. „Verstehst du das nicht? Das sage ich ja, ich hatte das Gefühl, *dass* ich es verdient habe.

Es war meine Schuld, dass Missy gefangen war, also habe ich meinen Wolf zur Strafe auch einfach gefangen sein lassen. Oh verdammt, ich war so dumm."

„Maggie, ich weiß nicht, was ich sagen soll. Mein brillanter Plan, dir meinen Wolf zu zeigen, um zu versuchen, deine Ängste zu lindern, erscheint mir jetzt als Lösung abgedroschen und kindisch."

Erik schloss die Augen, und sie spürte, wie eine Welle seiner Kraft über sie floss. Sie schnappte nach Luft, als sie die Tiefe spürte, während die Fülle des Gefühls bis in ihre Poren drang. Als er die Augen öffnete, streckte er seine Hand aus, und sie ergriff sie wie eine Rettungsleine. „Ich spüre die Stärke in dir. Dein Wolf ist mächtig, und sie will dir helfen. Dein Herz ist so stark, aber du hast deine Kraft benutzt, um eine Last zu tragen, die nicht deine war. Ich meinte, was ich gesagt habe, dass es mir egal ist, ob du wandelst. Nur würde ich es hassen, dich für immer gefangen zu sehen, wenn du mit mir zusammen wieder glücklich sein könntest. Wirklich glücklich."

„Wenn also morgen eine Herausforderung nur für Wölfe wäre, was würdest du tun?", flüsterte sie.

Er zuckte mit den Schultern. „Was mich betrifft, können wir nach Hause gehen. Das ist ein Spiel, und wovon wir reden, ist das echte Leben."

Maggie schüttelte den Kopf. „Nein! Wenn wir nach Hause gehen, ist das eine weitere Sache, die sie mir gestohlen hätten. Und den Jungs und dem Rudel. Nein. Ich habe genug davon, dass sie mir mein Leben genommen haben. Ich will an den Wettkämpfen teilnehmen und mein Leben wieder selbst in die Hand nehmen." Wieder füllten sich ihre Augen mit Tränen. Sie fiel zu seinen Füßen auf die Knie und ergriff seine großen Hände mit ihren. „Hilf mir dabei."

Erik rieb seinen Daumen über ihre Fingerknöchel. „Ich bin deiner Meinung, dass du dein Leben wieder in die Hand nehmen musst, aber, Maggie –" Er nahm ihr Gesicht in seine Hände. „Das hast du schon. Seit du hier in den Norden gekommen bist, hast du die Verantwortung übernommen und Änderungen vorgenommen. Wenn du nicht alles in ein paar Tagen schaffst, bist du trotzdem auf einem guten Weg. Sie haben nicht mehr gewonnen. Du hast jetzt die Kontrolle über das Spiel, okay?"

Ihr Herz machte einen Sprung. Es war wahr. Sie nickte ruckartig.

„Morgen ist Sommersonnenwende. Ich denke, das sollte helfen." Er zog sein Hemd aus, und ihr lief das Wasser im Mund zusammen. Harte Muskeln lockten sie. Lenkten sie von der emotionalen Achterbahnfahrt ab, die sie gerade hinter sich hatte. Der dringende Wunsch, mit ihrer Zunge über seinen Körper zu streichen, vertrieb alle anderen Gedanken.

Wie hatten sie es bis jetzt geschafft, sich nicht zu paaren? Es war ein weiterer Stein, den sie ihren Peinigern vor die Füße werfen musste. Dann war er nackt, jeder herrliche Zentimeter von ihm ausgebreitet vor ihr wie ein Bankett.

„Ich habe keine Ahnung, wie das meinem Wolf helfen soll, aber, verdammt, du siehst umwerfend aus."

Er lachte. „Du sabberst."

Sie wischte sich über den Mund und errötete, als er wieder lachte. „War nur ein Witz."

„Ich mag den Blick in deinen Augen."

Maggie sah ihm in die Augen. „Du siehst viel besser aus als TJ. Zumindest für mich."

Erik klopfte neben sich auf die Decke. „Ich dachte, ich würde mich in meinen Wolf verwandeln, aber du sollst verstehen, dass ich es bin, egal, welche Gestalt ich annehme. Wenn ich dir Angst mache, sag mir einfach, dass ich zurückwandeln soll, und ich werde es tun."

„Ich war drei Tage lang mit TJs Wolf wandern."

Er runzelte die Stirn. „Sweetheart, ich erinnere dich nur ungern daran, aber TJ ist jung und nicht so stark wie ich. Er ist auch nicht annähernd so groß wie ich. Wenn wir ein Event für Wandler haben, wird es nur wenige Wölfe meiner Größe geben. Wenn du dich in meiner Gegenwart wohlfühlst, ist das der erste Schritt."

Maggie nickte. „Erscheint mir sinnvoll."

„Fass mich an!"

Sie ließ ihre Hände über seine Brust gleiten, über all die harten Muskeln und die straffe Haut, und beugte sich vor, um ihre Lippen über seine zu streichen. Der Nervenkitzel der Verbindung erschütterte sie bis ins Mark, auch wenn ihre Lippen weich und süß blieben. Sie nahm sich Zeit, zeichnete die Tätowierungen auf seinen Schultern und Armen nach und strich über das kurze Haar auf seinem Kopf. Dann streichelte sie mit ihren Händen über seinen Bauch, ohne seine Erektion zu berühren.

Oh Himmel. Ablenkung vom Feinsten.

„Ich denke, ich sollte jetzt wandeln."

Sie nickte und konnte ihren Blick nicht von dem Beweis lösen, wie sehr er sie wirklich wollte.

„Maggie, hast du mich gehört? Ich werde wandeln." Als er an ihrem Arm zog, richtete sie ihren Blick wieder auf sein Gesicht. Erik grinste breit. „Obwohl das ein sehr schöner Ausdruck ist, den du gerade hast."

„Okay, Wolfmann, lass mich für dich klatschen."

Schimmerndes Licht blitzte auf und veränderte die Bilder auf ihrer Netzhaut. Erik lag auf der Decke, ganz Krallen, schwarzes Fell und Zähne, und für eine schreckliche Sekunde blieb ihr das Herz stehen. Sie schloss die Augen und tastete nach ihm. Es war immer noch Erik. Immer noch dasselbe Gefühl von Kraft, die von ihm ausging, dieselbe Liebe und Fürsorge, die er ausstrahlte. Sanftmut gepaart mit seiner unglaublichen Stärke.

Zusammen gab es nichts, was sie nicht erreichen konnten.

Plötzlich war das alles, was sie brauchte. Die letzte Mauer fiel.

„Wandle. Ich muss ... ich will ...“

Sie wartete und zitterte, während das Fieber durch ihre Adern strömte. Ihre Bluse fiel mit einer Bewegung, ihr Rock und ihre Unterwäsche flogen hinterher. Er wandelte sich zurück, sein fester Körper verformte sich, bis er nackt auf der Decke lag. Sie stürzte sich auf ihn, in seine Arme, Tränen strömten aus ihren Augen.

„Was ist? Es tut mir leid, ich wollte dich nicht drängen. Du musst nicht wandeln. Maggie? Warum bist du nackt?“

Sie senkte ihren Mund auf seinen, stahl seine Worte und inhalierte seine Antwort. Sie lag Haut an Haut auf ihm, und seine Erektion drückte gegen ihren Bauch. Sie wollte ihn. Sie brauchte ihn dringend, und es gab nichts, was sie aufhalten konnte.

Er rollte sie herum und hielt inne, bevor er sie mit seinem Körper zudeckte. Er vergrub seine Finger in ihrem Haar, seine Zunge streichelte und tanzte mit ihrer. Der Wind ließ die Blätter über ihm rascheln, Wirbel seiner Kraft legten sich um sie. Das Pochen zwischen ihren Beinen wurde schneller, als er über ihren Körper strich und ihre Brust in seiner Hand wog.

Als er seinen Kopf wieder hob, rangen beide nach Luft. Er strich mit seinem Daumen über die zarte Haut ihrer Brustwarze und ließ ihn immer wieder kreisen, während er ihr in die Augen starrte. „Bist du dir sicher? Ich liebe dich, und ich will dich, aber ich werde warten, bis du wirklich bereit bist. Tu das nicht, um deinen Wolf davon zu überzeugen, sich zu erheben. Tu das nicht, es sei denn, du meinst es ernst."

Maggie legte ihre Hände um sein Gesicht. Er war so verdammt groß, dass sie leicht vergessen konnte, wie zärtlich er wirklich war. Ihr Wolf tanzte in ihr und wartete darauf, freigelassen zu werden. Doch bevor sie sie herausließ, wollte sie der Frau erlauben, ihn zu genießen.

„Die Gefährten-Sache? Sie ist da, ich spüre die Chemie zwischen uns. Aber mein Kopf sagt, dass ich dich auch liebe. Mein Wolf liebt dich. Und jetzt müssen wir aufhören zu reden, denn ich brauche dich in mir. Bitte!"

Er schloss die Augen, sein Gesicht war angespannt vor unterdrücktem Verlangen. „Ich wollte nicht, dass das hier passiert. In der Wildnis, ohne weiches Bett. Ich wollte, dass es was Besonderes ist."

Sie versetzte ihm einen Klaps auf die Schulter. „Verdammt, es ist was Besonderes. Du bist hier und ich und das ist –"

Er beugte sich vor, um sie zu verzehren.

10

Weiche, warme Haut unter seinem Mund, ihr Duft in seinem Kopf. Wenn er nie wieder einen Sonnenaufgang erleben würde, würde ihn allein die Erinnerung an diesen Moment – in dem seine Gefährtin ihn in sich aufnahm – für den Rest seines Lebens warmhalten.

Sie streichelte seinen Körper, ihre Hände wirkten zierlich an seiner Brust und über seinen Schultern. Ihre Berührung neckte und quälte ihn, und er verteilte eine Reihe von Küssen über ihren Oberkörper, teilweise ein Versuch, sich dorthin zu fliehen, wo er sich auf sie konzentrieren konnte, ohne abgelenkt zu werden. Er nahm ihre Brüste in die Hände und die dunkle Haut ihrer Brustwarzen zog sich zusammen, als er sie leckte. Erst die eine, dann die andere. Er leckte und knabberte und saugte, bis Maggie stöhnte und sich unter ihm wand.

„Ich liebe es, wie du schmeckst." Er leckte ihren Bauchnabel, und sie lachte, ihr Oberkörper zitterte.

„Du redest zu viel."

„Hmm, meinst du?"

„Oh. Oh. Oh ja –"

Erik lächelte gegen ihre Öffnung, dann zeichnete seine Zunge träge Kreise um das harte Nervenbündel ihrer Klitoris. Er neckte sie weiter, seine Zunge und Finger spielten sie wie ein Instrument, mal schnell, mal langsamer. Die begeisterten Laute, die sie von sich gab, änderten sich mit seinem Tempo, bis sie sich fester um seine Finger zusammenzog und seine beiden Finger drückte, die er in ihren Tiefen vergraben hatte.

Immer wieder leckte er sie, hob ihr Becken hoch in die Luft, um sie näher an seinen gierigen Mund zu ziehen. Die Verbindung zwischen ihnen wurde stärker, je länger sie einander berührten, und die Kontrolle, die gespannt war wie eine Sprungfeder, begann, sich langsam aufzulösen. Das Schicksal hatte vorgesehen, dass sie zusammen waren, doch nachdem er ihr Geständnis gehört hatte, bewunderte er sie mehr denn je. Sie war mutig und klug, und sie machte ihn völlig verrückt.

„Erik!"

Er hielt seine Hand still, wo er unter ihre Hüften gegriffen hatte, um sie zwischen den Pobacken zu streicheln. Ein Schweißfilm hatte sich auf ihrer Haut gebildet, und als sie vor ihm lag und ihr Körper unter einem weiteren Orgasmus bebte, erkannte er, dass er noch nie etwas Schöneres gesehen hatte.

„Ich liebe dich." Er senkte sie auf die Decke und kroch über sie, denn er wollte noch einmal ihre Lippen schmecken. Sie klammerte sich an seinen Hals und versuchte, ihre Körper zusammenzuziehen. Er lachte gegen ihren Mund, da er nicht bereit war, sie mit seinem Gewicht zu zerdrücken. Sie wand sich unter ihm, rieb ihren Oberkörper an seinem und schürte sein Feuer noch heißer. Feuchtigkeit aus ihrem Schritt benetzte seine Haut, und er stöhnte. *Ich muss langsam machen.* Egal, wie sehr er in sie eindringen wollte, sich in ihrer Süße vergraben wollte. Er küsste sie und stützte sich dabei auf seine Ellbogen, um sich über ihr zu halten.

Maggie stieß ihn in die Rippen. „Du bist zu groß."

„Ich berühre dich noch nicht einmal."

Sie lachte und stieß ihn, bis er sich aufsetzte. „Dein Ego ist vollkommen gesund, oder?" Sie setzte sich rittlings auf seine Schenkel, ihre Brüste drückten sich gegen seine Brust, die Hitze ihrer Pussy jetzt genau auf seinem schmerzenden Schaft. „Missy hat sich gefragt, ob wir –"

„Ich will jetzt wirklich nicht über deine Schwester reden. Oh verdammt, Maggie."

Sie hatte sich über die Kuppe seines Schwanzes manövriert und ritt ihn langsam. Jede Bewegung ihrer Hüften brachte ihn tiefer in ihren Körper hinein, die enge Umklammerung ihrer Passage hüllte ihn ein wie ein Stück Himmel. Er stützte ihre Hüften und hielt sie, während er ihr Gesicht aufmerksam beobachtete.

Sie küsste seine Brust, während sie sich niederließ und seine gesamte Länge in sich aufnahm. „Du fühlst dich so gut in mir an."

Er vergrub seine Finger in ihrem Haar und richtete ihren Blick auf seinen. „Zusammen. So wie wir sein sollten."

Ein schelmisches Lächeln huschte über ihr Gesicht, und sie packte seine Schultern und hob ihre Hüften, bis sein Schwanz an ihrer Öffnung war. Dann ließ sie sich schnell und hart fallen. Ein elektrisches Prickeln begann in seiner Wirbelsäule und breitete sich bis zu seinen Hoden aus. Er würde auf keinen Fall länger durchhalten. Nicht, nachdem er fast zwei Wochen gewartet und sie die ganze Zeit verzweifelt begehrt hatte.

Sie rieb sich bei jeder Bewegung an ihm, ihre Körper waren in der Hitze der Nacht schweißnass. Der Ausdruck auf ihrem Gesicht faszinierte ihn, und er starrte sie an, während er ihren süßen Angriff auf seinen Schwanz unterstützte. Sie biss sich auf die Unterlippe und stöhnte.

„Mehr. Ich will mehr." Ihre Gedanken hallten in seinem Kopf wider, und er summte vor Freude.

Von ihr aus schlängelten sich die Fäden des Wissens um sein Herz – die Empfindungen, die sie fühlte, die Emotionen, die durch sie rasten –, alles floss zwischen ihnen, während ihre Gefährtenbindung sie miteinander verband. Er schickte seine Liebe aus, seine Leidenschaft für sie, um sie mit ihr zu teilen. Wie stolz er auf ihre Stärke war. Wie gerührt von ihrer Bereitschaft, ihm zu vertrauen. Ihre Körper verbanden sich, als ihre Gedanken verschmolzen.

Dann schrie sie, kam um ihn herum, und er gab die Kontrolle auf. Zusammen genossen sie die exquisite Explosion. Er hielt sie fest, während Nachbeben sie erschütterten und die Hitze ihrer Körper sich wie ein Kokon um sie herum legte.

„Erik? Passiert es wirklich?"

„Oh ja, Sweetheart. Es ist real, und es ist richtig." Er strich eine Strähne aus ihrem Gesicht und beugte sich vor, um sie erneut zu küssen. Das Gefühl, ganz zu sein, war so erstaunlich. Alle Teile seiner Seele fanden ihren Platz, während sie Erinnerungen an die Vergangenheit und Träume für die Zukunft austauschten.

Die Gefährtenbindung verband sie auf intimste Art und Weise. Alles, wonach er sich gesehnt hatte, um sich zu vervollständigen, es war endlich passiert. Er küsste sie ununterbrochen, das Bedürfnis, ihr seine vollkommene Liebe und Hingabe zu zeigen, überwältigte ihn.

Sie lächelte gegen seine Lippen, ihre Zungen tanzten

miteinander, eine süße und zufriedene Erkundung, jetzt, wo das Feuer aufgeflammt war.

„Ich liebe dich." Er küsste ihre Augenlider und ihre Nasenspitze, und sie lachte.

„Du redest zu viel."

Er lachte, streichelte ihren Rücken und genoss die Art, wie sie sich warm und zufrieden an ihn schmiegte.

„Erik? Ich liebe dich auch."

Wie konnte ein so wunderbares Gefühl sein Herz schmerzen lassen?

Seine Wut über das, was sie erlebt hatte, brodelte weiter. Es würde lange dauern, bis er vergessen würde, wie gebrochen sie durch den Angriff gewesen war. Ihre Kraft als Wolf wuchs, und sie drehte sich in seinen Armen. Sie starrte ihn an, Entschlossenheit war ihr ins Gesicht geschrieben.

Er schickte ihr die Akzeptanz dafür, wer sie war, was sie war, nicht nur ihm gegenüber, sondern auch dem Rudel. *„Das musst du noch nicht tun."*

Sie hob eine Augenbraue. „Hast du Angst, dass sie schneller ist als du?"

Er fühlte es. Als sie tief in sich hinein griff und ihren Wolf rief, strömte Freude aus ihrem Herzen. Die schmerzliche Einsamkeit, die durch die jahrelange Unterdrückung entstanden war, wurde weggespült. Maggie zog sich zurück und beobachtete ihn aufmerksam mit leuchtenden Augen.

„Ich bin froh, dass du hier bist. Ich bin froh, dass wir dabei zusammen sind." Als sie ihre Hände zum Himmel streckte, brach ein Strahl der Mitternachtssonne durch die Bäume und ließ ihre Haut strahlen. Sie wandelte, schimmerte, und Erik beugte sich jubelnd vor, als sie in Wolfsgestalt auf ihn zuging und ihr silbernes Fell vor

Gesundheit glänzte. Sie beugte sich vor, wedelte glücklich mit dem Schwanz, und er lachte laut.

„Wollen wir laufen, meine Gefährtin?" Maggie stieß ihn mit dem Kopf an und schmiegte sich an seinen Oberkörper.

Er wandelte, denn sein Wolf wollte unbedingt seine andere Hälfte treffen. Einen Moment lang standen sie Nase an Nase und teilten ihre Herzen in Wolfsgestalt. Dann rannte Erik los und ließ Maggie ihm folgen, bis sie die andere Seite des Hügels erreichten. Er trat beiseite, und sie übernahm die Führung, ihre Freude über ihren Wolf folgte ihr wie ein leuchtender Regenbogen.

Er warf den Kopf zurück und heulte und ließ es die ganze Welt wissen. Er hatte seine Gefährtin, sie waren zusammen. Das Leben könnte nicht viel besser werden.

„Ich kann es nicht glauben. Du hast sieben Jahre nicht gewandelt? Verdammt! Jemand braucht einen Tritt in den Arsch." Jared starrte in die Ferne, und TJ knurrte zustimmend.

Maggie hob eine Hand. „Leute. Lasst euer Testosteron schön stecken. Ich habe euch nicht von meinem Problem erzählt, um euch anzustacheln." Sie lehnte sich auf Eriks starkem Körper zurück und sah TJ und Jared an. Die Wölfe der beiden jungen Männer waren dicht unter der Oberfläche und wütend um ihretwillen. Sie testete ihre Angst in der Nähe weiterer Wölfe, aber da war nichts. Nur die starke, beruhigende Wirkung von Erik, die wie eine Rettungsleine wirkte. Sie lehnte ihren Kopf zurück und warf ihm eine Kusshand zu. „Danke, dass ich das auf meine Art machen durfte."

„Sicher, aber du solltest besser aufhören, bevor sie unbeabsichtigt wandeln. Besonders Jared ist wirklich angepisst. Hast du einen Verehrer, um den ich mir Sorgen machen muss?"

Sie versetzte ihm einen Stoß in den Bauch. „Ich dachte, ihr Jungs solltet es wissen. Letzte Nacht habe ich gewandelt, und es war wunderbar. Bei der Herausforderung wird es keine Probleme geben, wenn ich laufe, aber ich weiß immer noch nicht, wie ich mich fühlen werde, wenn ich einem Haufen fremder Wölfe gegenüberstehe. Ich möchte nicht, dass ihr in Panik geratet, wenn ich ausflippe. Durch die Gefährtenbindung zwischen mir und Erik habe ich, glaube ich, die Kraft, aber ihr seid jetzt auch mein Rudel, und ich vertraue darauf, dass ihr mir helfen werdet."

TJ grinste Jared an. „Ich hab's dir gesagt."

„Ja, ja. Mr. Sniffy und seine Zaubernase haben gesprochen. Hey, herzlichen Glückwunsch zur Gefährten-Sache!" Jared zwinkerte ihr zu, bevor er heftig gähnte.

Sie lachte. „Ich nehme an, du hast dich letzte Nacht mit Miss Norwegen amüsiert?"

Jared warf TJ einen bösen Blick zu, der ein paar Meter davon schlurfte. „Nun, einer von uns hat sich amüsiert."

Gelächter hallte gegen ihren Rücken. „TJ? Du hast Jared die Frau gestohlen? Schon wieder?"

Maggie keuchte. „TJ?"

Es gelang ihm, schuldbewusst auszusehen. Er zuckte mit den Schultern. „Kann ich was dafür, wenn alle Mädchen den Underdog lieben?"

In der Ferne klang eine laute Glocke.

Erik drückte sie für einen Moment, dann ließ er sie los. „Da ist der Ruf. Lasst alles im Raum. Sie haben gesagt, dass sie uns nach der Veranstaltung hierher zurückbringen werden."

~

Sie waren alle an der Startlinie versammelt. Maggie behielt Erik zwischen sich und dem Rest der Menge, ohne darüber nachzudenken. Nach so vielen Jahren des Vermeidens würde es ihr nicht gelingen, ihre Gewohnheiten über Nacht zu ändern. Sie machte einen bewussten Schritt nach vorn und bemerkte, wie Erik auf sie herabgrinste.

„Gut gemacht, meine Liebe."

Sie hob ihr Kinn etwas höher und drehte sich um, um dem Spielleiter zuzuhören.

„Wir starten die Veranstaltung hier und nicht in der Stadt, wegen der Menschen. Wir möchten Ihnen allen für die Zurückhaltung danken, die Sie gestern Abend in Dawson geübt haben. Heute Morgen gab es in den örtlichen Cafés nur wenige Unterhaltungen über ungewöhnliche Wolfsichtungen, Sie scheinen es also geschafft zu haben, sich in Reichweite von Mobiltelefonen und anderen Aufnahmegeräten unter Kontrolle zu halten."

Jared gab TJ einen Stoß, und die beiden kicherten.

„Was glaubst du, was das war?", fragte Maggie.

„Ich will es nicht wirklich wissen."

„Die heutige Herausforderung ist ein Wettlauf. Querfeldein in Richtung Dempster Highway. Wir machen eine Runde durch die Tombstone Mountains und enden am Tombstone-Campingplatz. Alle Camper gehören zu uns, und wir haben das Gebiet aus Sicherheitsgründen für die Jagd gesperrt. Es ist ein Vollsprint für Ihre Wölfe. Es gibt keine Bonuspunkte. Am Ende dieser Veranstaltung berechnen wir die Punkte und geben den aktuellen Stand bekannt. Die Abschlussveranstaltung ist dann in zwei Tagen."

Überall um sie herum zogen sich Teams aus und wandelten. Maggie sah mit wachsender Faszination zu und fragte sich, wann das Gefühl blanken Entsetzens ihr den Rücken hinaufkriechen und ihr die Luft abschnüren würde.

Es kam nicht. Es waren nur Wölfe.

Sie ging mutig auf das nächste Team zu und schüttelte Eriks Hand ab. „Ich muss das tun."

Ihre Gegner beobachteten sie misstrauisch, als sie in ihre Mitte trat und dort stehenblieb.

Nichts. Es waren nur ... Wölfe.

Sie warf den Kopf zurück und lachte, während die Freude wieder in ihr aufstieg.

„Willst du wieder zu uns kommen, Liebes? Ich glaube, du machst unseren Gegnern Angst, und das ist nicht sehr sportlich."

Verdammt, er hatte recht. Sie verneigte sich höflich vor dem Mannschaftskapitän, und zog sich respektvoll zurück, bevor sie in Eriks Arme sprang. „Ich kann das. Ich kann das wirklich und wahrhaftig."

Er tätschelte ihre Wange. „Ich wusste, dass du es kannst. Jetzt zieh dich aus, kleiner Wolf, und lass uns laufen gehen."

Sich auszuziehen war eine Befreiung. Die Bewunderung in den Augen ihres Gefährten zu sehen, bereitete ihr noch mehr Freude. Aber das Gefühl, sich zu wandeln, war fast wie ein Orgasmus. Letzte Nacht hatte sie zu große Angst gehabt, dass sie nicht wandeln könnte, sie hatte den unglaublichen körperlichen Rausch verpasst.

Heute erlebte sie alles und stöhnte vor Glück.

„Wirst du das jedes Mal machen, wenn du wandelst?

Denn, heilige Scheiße, das war heiß –" Erik stieß sie in die Flanke, und ihr Wolf übernahm die Kontrolle, neckte und rieb sich an ihrem Gefährten. *„Whoa, Sweetheart. Wir sind mitten in einem Wettbewerb. Schon vergessen? So sehr ich Sex mit dir auch genieße, jetzt ist nicht die richtige Zeit dafür. Du musst sie zügeln."*

Maggie setzte sich ins Gras. TJ und Jared beschnupperten sie, bevor sie sich umdrehten und ihr unterwürfig die Kehlen zeigten. Wenn Zeit gewesen wäre, hätte sie vor Freude geheult.

Der Schuss wurde abgefeuert, und sie rannten Schulter an Schulter durch die Wildnis des Yukon. Das Gestrüpp, das einem Menschen bis zu den Oberschenkeln reichte, war auf Höhe ihres Kopfes, also vertraute sie darauf, dass Erik und die anderen als größere Wölfe den direktesten Weg durch das Labyrinth des harten Gewirrs wählten.

Plötzlich waren sie im Freien, der Himmel über ihnen strahlend blau, keine Wolke war zu sehen. Sie rannten. Seite an Seite, Pfoten und Beine flogen, Köpfe und Rumpf berührten einander fast, sie waren so nah beieinander.

Es war etwas Wunderbares, wieder mit einem Rudel laufen zu können. Während die letzte Nacht mit Erik großartig gewesen war, fand sie heute eine Antwort auf einen weiteren Teil des Rätsels, den sie immer vermisst hatte: Zugehörigkeit. Die Nähe eines Rudels. Teil eines größeren Ganzen zu sein. Maggies Herz hämmerte im Takt ihrer Pfoten auf dem Boden.

Vor ihnen witterte sie die Spur, der sie folgten. Je mehr Zeit verging, desto klarer wurde sie, fast so, als würden sich die Jahre der Gefangenschaft auflösen und muffige Spinnweben aus den Winkeln ihres Wolfsbewusstseins geweht.

Sie stürmten einen Hügel hinunter und sprangen an

der breitesten Stelle durch einen Bach, wo Wasser aufspritzte und ihr Fell durchnässte. Die frische, klare Luft und das leuchtende Grün lockten und inspirierten ihre Sinne. Vor ihr lief Erik allen voraus.

Ihr Gefährte.

Ihr Herz.

Sie rieb ihre Nase an seine Flanke und war begeistert von der Verbindung zwischen ihnen. TJ und Jared ließen sich ein wenig zurückfallen und überließen ihr und Erik die Führung, und der Moment wurde noch unglaublicher.

„Du läufst gut."

„Ich bin lebendig. Wirklich lebendig." Das war alles, was sie zu sagen hatte, und es bedeutete die Welt für sie.

Sie mussten eine Stunde lang gelaufen sein, bevor der Weg sich zur Seite wand, aufwärts, und sie zwang, sich stärker anzustrengen, je höher sie kamen. Jetzt versperrten große Felsbrocken den Weg, und der Pfad wurde schmaler. Die Wolfsteams schlossen auf, gezwungen durch den immer enger werdenden Weg, um die Führung zu kämpfen. Maggie blieb dicht bei Erik, ihr Herz klopfte schneller, als hinter ihr Knurren und Zähneklappern zu hören waren.

Erik manövrierte sie nach links. TJ knurrte, und es folgte ein jaulender Schrei. Sie warf einen Blick über die Schulter und sah, wie sich vier große Wölfe näherten. Jared und TJ waren von ihnen getrennt worden, und an Jareds Schulter war Blut zu sehen.

„Erik?"

„Das sind die Betrüger vom Fluss. Darren war nie jemand, der eine Lektion schnell gelernt hat. Stört es dich, wenn ich ihm noch eine Lektion erteile?"

Angst schoss ihr durch den Kopf, und ihre Kehle

schnürte sich zu. Darren. Der, der sie anzüglich angestarrt hatte.

Dann beruhigte Eriks Wille sie und gab ihr Kraft. „Es ist keine Herausforderung bis zum Tod, aber wenn nicht ich was unternehme, wer dann?"

Das war ihre Gefährte. Wie konnte sie nicht zustimmen, wenn sein Sinn für Fairplay und Gerechtigkeit so sehr Teil seiner Persönlichkeit war? Sie holte tief Luft und gab widerstrebend grünes Licht.

Die Energie in Erik brach wie ein stromführender Draht heraus, heiß und außer Kontrolle. Er drehte sich mit einer geschmeidigen Bewegung um und prallte gegen den Anführer der anderen Vier. Sie rollten übereinander und blieben stehen, als Erik den anderen Wolf unter sich zu Boden drückte.

Er hielt Darren an der Kehle und knurrte triumphierend.

„Das ging schnell."

„Bullys sind meistens Weicheier."

Ein leises Grollen zu ihrer Rechten ließ Maggie wieder aufmerksam werden. Zwei Wölfe des anderen Teams nahmen sie in die Zange, die Lefzen hochgezogen, um ihre entblößten Fangzähne zu zeigen.

Ihre Knie wurden weich, als Erinnerungen durch sie strömten. Knurren und reißender Schmerz, schlaflose Nächte und Alpträume. Sie schwankte für einen Moment.

„Maggie, wehr dich! Du bist stark. Sie können dir nichts antun."

Einer der Wölfe schnappte nach ihrem Hinterlauf, und sie wirbelte zu ihm herum. Sie richtete sich zu ihrer vollen Größe auf und ließ ihren Ärger und ihre Frustration über den Einschüchterungsversuch in sich aufsteigen.

Zu viele Jahre. Sie war zu viele Jahre diejenige gewesen,

die weggelaufen war und sich versteckt hatte, und sie würde es nicht noch einmal tun. Ein unheimliches Knurren erschreckte sie für einen Moment, bis ihr klar wurde, dass es aus ihrer Kehle kam.

Sie starrte den Wolf an und schritt entschlossen auf ihn zu.

Er zog sich zurück, drehte den Kopf zur Seite und sah sich nach Unterstützung um. Maggie stürzte sich auf ihn und schlug mit der Pfote auf seinen Kopf. Sie wollte kein Blut, sondern ihn nur dazu bringen, aufzuhören. Wie konnte dieses Team es wagen, aus einem lustigen Ereignis etwas Furchteinflößendes zu machen?

In ihr wuchs die Wut weiter. Sie explodierte, ihre Kraft flog ihm ins Gesicht. Er ließ sich augenblicklich fallen und duckte sich unterwürfig. Als sie sich dem anderen Wolf zuwandte, stellte sie fest, dass er unter TJ und Jared lag.

Erik heulte einmal, ein langer, leiser Ruf, der von den Berggipfeln widerhallte. Darren schmollte, als Erik sich erhob und auf sie zukam.

Jared leckte seine Schulter, und sie ging zu ihm und warf ihn mit ihrem Körper zu Boden, damit sie sich die Wunde ansehen konnte. Der Kratzer war nicht so schlimm, also ließ sie ihn aufstehen und beruhigte ihn, indem sie mit ihrer Nase sein Kinn berührte.

Erik streichelte ihre Schnauze. *„Danke, Beta, dass du mir hilfst, mich um unser Rudel zu kümmern."*

Der Kloß in ihrem Hals fühlte sich in Wolfsgestalt sehr seltsam an. *„Scheiße."*

Er lachte. *„Das ist dir erst jetzt bewusst geworden? Ja. Du und ich, wir sind die Betas des Rudels. Was hältst du also davon, loszulaufen? Niemand sonst passiert den Pass, bis wir es tun, und wenn wir zu lange hier sitzen, werden sich die Leute am Ziel fragen, was passiert ist."*

Sie blieb stehen, verwirrt von seinen Worten. *„Niemand sonst?"*

Er stieß sie sanft an und drehte sie so, dass sie den Hang hinunterblickte, den sie vor dem Angriff erklommen hatten. Der Rest der Teilnehmer lag in Gruppen zusammengedrängt auf dem felsigen Boden, und alle beobachteten sie aufmerksam. Darren und sein Team saßen verlassen am äußersten Rand der Versammlung, staubig, und sahen geprügelt aus.

Sie dachte einen Moment nach. *„Warten sie alle darauf, dass wir zuerst gehen?"*

TJ schlug mit dem Schwanz auf den Boden, sodass Staub um sie herum in die Luft wirbelte, und Erik stieß ihn an, damit er aufhörte. Maggie warf den Kopf zurück und heulte vor Freude.

Ihr Wolf war erwacht, sie war wieder gesund, und sie und ihr Team waren gerade von einer Menge Wölfe geehrt worden.

Als das Echo der Antworten der anderen von den steilen Felsklippen um sie herum nicht mehr zu hören war, stand sie auf, und Erik und die Jungen folgten ihr. Dann liefen sie los und folgten der Spur bis zur Ziellinie.

Die Spiele waren Maggie völlig egal. Sie hatte bereits den größten Preis gewonnen, den man sich vorstellen konnte, und er lief die ganze Zeit neben ihr her.

11

────────

„Ich kann nicht fassen, dass ihr von der Endveranstaltung ausgeschlossen wurdet. Ihr wart die Zweitplatzierten", seufzte Kyle angewidert.

Sie waren zurück in Haines und saßen auf der Veranda von Tads Haus, während Jared und TJ auf dem Rasen vor dem Haus standen und sich stritten. Jared humpelte auf Krücken herum.

Erik lachte. „Es gibt etwas in den Regeln, das besagt, dass Teilnehmer mit gebrochenem Lauf nicht teilnahmeberechtigt sind, egal, wie schnell wir heilen. Als der Idiot von einem Auto angefahren wurde, während er den Ladys auf dem Weg zur Herausforderung hinterher gestarrt hat, konnten wir den menschlichen Behörden unmöglich erklären, dass Jared nicht ins Krankenhaus musste. Es ist okay, alle waren beeindruckt, dass wir die meisten Hinweise hatten, nachdem wir das Peter-und-der-Wolf-Ding gemeistert hatten. Und die Trophäe, die wir als sportlichstes Team bekommen haben, ist auch nicht schlecht."

„Es ist eine verdammt große Trophäe – sie sieht im Rudelhaus großartig aus. Die Oldtimer waren begeistert, sie zu sehen."

Tad parkte vor dem Haus und kurbelte sein Fenster herunter. „Habt ihr Jamie gesehen? Missy möchte, dass ich ihn ins Krankenhaus mitbringe, um die Babys abzuholen."

Erik stand von seinem Stuhl auf. „Er ist mit Maggie in der Küche. Ich werde sie holen."

Er ging um die Ecke und folgte der unsichtbaren Verbindung, die er mit seiner Gefährtin hatte. Das Gefühl brachte ihn zum Lächeln. Er wusste immer, wo sie war, aber was noch wichtiger war: Jetzt wusste sie, dass sie genau dort war, wo sie sein sollte.

Bei ihm.

Sie renovierten sein Haus, und Maggie fügte die eine oder andere feminine Note hinzu. Diese Entscheidungen gemeinsam zu treffen, befriedigte ein großes Bedürfnis in ihm.

Jamie rannte auf schnellen kleinen Beinen vorbei.

„Du kannst deiner Mama davonlaufen, aber mir nicht." Maggie hob das kreischende Kleinkind hoch, warf es in die Luft, fing es auf und kitzelte es. Sein Lachen erfüllte den Raum.

Erik lehnte sich an die Wand und saugte alles in sich auf.

Sie sah ihn an, ihre Augen leuchteten vor Liebe. „Ich wusste, dass du da bist."

„Onke' Eri'!" Jamie quietschte lauter. Er wand sich aus ihren Armen und griff nach Eriks Bein, seine pummeligen Finger packten den Baumwollstoff seiner Hose und hinterließen klebrige Flecken.

Maggie lachte hinter vorgehaltener Hand, als er den

kleinen Kerl hochhob, ihm den Bauch kitzelte, und er noch mehr kicherte.

Erik strahlte sie an. „Willst du Missy und die Mädchen besuchen? Tad nimmt Jamie mit."

Maggie hob die Brauen. „Hmm, das bedeutet, dass das Haus leer sein wird." Sie zwinkerte. „Ich denke, ich sollte hier bleiben, nur für den Fall, dass jemand irgendwas braucht. Ich kann ... das Haus hüten."

„Oh." Er nahm das Kleinkind auf seinen anderen Arm und streckte ihr seine Hand entgegen. Sie schmiegte sich an ihn und rieb sich an seiner Brust. „Brauchst du Hilfe? Beim Hüten, meine ich? Es ist ein großes Haus mit vielen Schlafzimmern."

„Mm-hm. Ich könnte ein bisschen Verstärkung gebrauchen."

Sie grinsten einander an.

Erik räusperte sich. „Übrigens. Pam hat wieder einen ganzen Haufen Nachrichten für dich hinterlassen. Ruf sie am besten bald an und lass sie wissen, dass wir deine Leiche nicht im Busch verscharrt haben."

Maggie lachte. „Bist du wirklich damit einverstanden, sie zu einem Besuch einzuladen? Das wird schwierig, da niemand in der Lage sein wird zu wandeln, solange sie in der Nähe ist."

Er zuckte mit den Schultern. „Damit kommen wir schon zurecht. In der Zwischenzeit –" Er drückte sie für eine Sekunde an sich, dann nahm er den kleinen Jamie in beide Arme und machte sich auf die Suche nach Tad. „Wir müssen jemanden zu seinem Daddy bringen, und dann haben wir ein Date, kleiner Wolf."

Sie zog seine Hand, bis er sich so weit vorbeugte, dass sie ihm einen Kuss auf die Wange drücken konnte. „Ich liebe dich. Ich bin so froh, dass ich den Mut hatte, wieder hoch in den Norden zu kommen."

„Ich liebe dich auch, und du bist mutig genug, dich einem ganzen Rudel zu stellen. Sogar einem, der so groß ist wie ich."

EPILOG

Endlich verstand Maggie, was der Ausdruck „sich pudelwohl fühlen" bedeutete.

Obwohl sie definitiv ein Wolf und kein Pudel war, fühlte sie sich im Moment so vollkommen wohl, dass selbst der Gedanke, sich zu bewegen, zu viel Arbeit zu sein schien.

Ihr Gefährte hatte wie üblich einen Arm um sie gelegt und sie fest an die Wand gedrückt, die sein nackter Körper war. Ein Bein lag zwischen ihren, sein Kinn ruhte auf ihrem Kopf. Sie war so fest eingewickelt und verpackt wie ein Weihnachtsgeschenk.

Nach fast zwei Monaten lernte sie die Gewohnheiten ihres Partners kennen. Normalerweise wachte Erik zuerst auf, kroch vor ihr aus dem Bett, setzte den Kaffee auf und arbeitete ein bisschen online.

Ein oder zwei Stunden später stolperte sie in die Küche und wurde vom Duft von Koffein begrüßt, während ihr Gefährte ihr eine riesige Tasse des Elixiers der Götter reichte. Manchmal schaffte sie es sogar, die ganze Tasse auszutrinken, bevor die trägen, sündigen Blicke, die er ihr aus ein paar Metern Entfernung zuwarf, zu reizvoll waren, um ihnen zu widerstehen, und sie am Ende wieder nackt im Bett landeten.

Heute hatte Maggie zu viel Grund zur Aufregung, um länger zu schlafen. So köstlich ihre Position auch war. Es war ein wichtiger Tag, und sie hatten viel zu tun ...

Der Gedanke daran, wie sie normalerweise den Morgen verbrachten, ließ sie jedoch zögern, die Decken wegzuschieben und aufzustehen.

Ihr *Gefährte*.

Wie wunderbar es war, ihn um sich zu haben, so zärtlich, trotz seiner enormen Größe. Er war nicht nur körperlich groß. Auch sein Herz war dreimal so groß wie das eines durchschnittlichen Wolfes und gehörte ganz ihr.

Hmmmmmm ...

Okay, sie liebte sein Herz, das ihr gehörte, und seinen süßen Sinn für Humor, aber sie mochte alles – seine Größe, *überall*. Ihre Wangen erhitzten sich bei dem Gedanken an diese Größe ...

Der wilde Teil in ihr kam begeistert an die Oberfläche. *Gefährten–Spielzeit?*

Maggie stellte fest, dass sie von einem Ohr zum anderen grinste. *Warum nicht?*

Erik hielt sie vorsichtig, aber er hatte immer noch eine Hand auf ihrer Brust. Und da es fast Morgen war, erwachten andere Teile seines Körpers ebenfalls.

Sollte sie den Mann noch ein paar Minuten schlafen lassen oder nicht?

Entscheidungen. Entscheidungen.

Maggie bewegte ihre Hüfte kaum merklich. Oh ja. Erik war zumindest *teilweise* wach.

Sie summte erwartungsvoll und drehte sich in seinen Armen, um ihre Brust an seine zu drücken. Seine dicke

Erektion schmiegte sich an ihren Bauch, und sie schob eine Hand darüber und neckte sie sanft mit ihrer Handfläche.

Seine Augen blieben geschlossen, aber seine Lippen verzogen sich zu einem Lächeln. „Weck mich nicht. Ich habe diesen wirklich wunderbaren Traum."

Sie strich mit ihren Lippen über seine und streichelte ihn weiter. „Ist es ein schmutziger Traum?"

„Oh ja."

„Gut. Wir müssen denselben haben", flüsterte sie und drückte gegen seine Schulter.

Er rollte sich auf den Rücken und nahm sie mit, und dann wurde es schön heiß und schmutzig, genau so, wie es beiden gefiel.

Eine scheinbar lange Zeit später lagen sie Seite an Seite, die Finger verflochten, immer noch schwer atmend von der Anstrengung. Befriedigung jenseits des Körperlichen verband sie.

„Ich liebe dich", sagte Erik in ihren Gedanken. *„Ich weiß, dass wir schon Gefährten sind. Ich dachte nicht, dass wir wirklich mehr brauchen, aber wir tun es. Es ist schön, dass das Rudel zusammenkommt, um zu feiern, aber ich freue mich auch darauf. Es ist eine weitere Erinnerung für uns, diese Hochzeitssache."*

Maggie rollte sich lachend auf die Seite, während sie sich weit genug hochstemmte, um ihn anzusehen. *„Ich bin froh, dass du zu diesem Schluss gekommen bist, wenn man bedenkt, dass wir heute diese ‚Hochzeitsache' machen."*

Er schmunzelte träge. „Du solltest nur wissen, dass es nicht allein darum geht, dich glücklich zu machen. Ich will es auch."

Sie legte eine Hand auf seine Brust und beugte sich vor, um ihn zu küssen, wich jedoch zurück, als er sie für eine weitere Runde sexy Verstrickung an sich ziehen wollte.

„Erst heute Abend wieder", schalt sie. „Es gibt noch viel vorzubereiten, und Pam kommt in einer Stunde."

Erik strich ihr mit einem Finger über die Wange. „Du hast sie vermisst."

„Sie ist meine beste Freundin", sagte Maggie. „Und eine der umwerfendsten Frauen überhaupt."

„Menschenfrau. Die bald, ohne es zu wissen, mitten in ein Wolfsrudel laufen wird."

Sie zuckte mit den Schultern. „Sie wird schon klarkommen. Ich habe einen großartigen Geschmack, was Freunde und Gefährten angeht."

„Dem kann ich nicht widersprechen", stimmte er zu. „Ich drücke die Daumen, dass niemand nackt durchs Rudelhaus rennt und ihr Angst macht."

Sie grinsten einander an. So besonders der Tag auch sein würde, sie hatte schon ihr Herz, ihre Seele und alles für den schönen Mann gegeben, der sie mit so viel Liebe in den Augen ansah.

Sie machten es sich in der Küche gemütlich und tranken Kaffee, als es klopfte und eine bekannte dunkelhaarige Gestalt den Kopf durch die Tür steckte.

„Na, ihr Turteltauben. Bereit für den großen Tag?" TJ ließ sein makellos weißes Grinsen in einem wunderschönen Gesicht aufblitzen.

„Nenn mich noch mal Turteltaube, und du wirst fliegen lernen", sagte Erik sanft und spielte mit seinen Fingern an Maggies Hand, die in seiner auf dem Tisch lag.

Sie kicherte und zeigte dann auf einen leeren Stuhl. „Willst du reinkommen?"

TJ trat durch die Tür, schüttelte aber den Kopf. „Mir wurde unmissverständlich gesagt, dass ich euch nicht zu lange belästigen soll, aber ich dachte, ihr würdet es gern wissen – wir haben einen Anruf im Rudelhaus bekommen. Pams Flug wird etwa eine Stunde Verspätung haben."

Scheiße. Maggie bemühte sich, sich ihre Enttäuschung nicht anmerken zu lassen. „Okay. Sie wird immer noch rechtzeitig hier sein."

„Wer holt sie ab?", fragte Erik. „Ich dachte, du und Jared wärt schon am Flughafen."

TJ sah verlegen aus. „Wir haben die Abfahrtszeit verpasst, also ist Mark Weaver ohne uns gefahren."

„TJ." Erik verschränkte die Arme, und nun war er an der Reihe, enttäuscht dreinzublicken.

„Hey, diesmal war es nicht ... ganz ... meine Schuld." TJ schloss den Mund und weigerte sich, noch etwas zu sagen, was Maggie ziemlich anständig von ihm fand, wenn man bedachte, dass er oft an Katastrophen schuld war.

„Wir werden in ein paar Minuten im Rudelhaus sein", sagte Erik und lächelte dann wieder. „Danke, dass du dich bereit erklärt hast, unser Trauzeuge zu sein."

TJ strahlte, richtete sich auf und sah seinem großen Bruder, dem Alpha, viel ähnlicher als sonst. „Ich werde es nicht vermasseln, das verspreche ich."

„Du wirst es großartig machen", versicherte ihm Maggie. „Und ich freue mich darauf, dich beim Empfang für uns spielen zu hören. Unsere Lieblingssongs, ja?"

Er lachte leise. „John Denver und Bon Jovi. Ihr seid zum Schießen, aber das wisst ihr, oder?"

„Hey, sei froh, dass ich nicht nach dem Titelsong von Friendly Giant gefragt habe", sagte Erik mit ausdrucksloser Miene.

TJs Grinsen wurde breiter. Er tippte sich an den imaginären Hut und begann zu pfeifen, während er sich rückwärts zur Tür zurückzog.

Maggie lachte, als sie die Melodie aus der alten

Kindersendung erkannte, dann keuchte sie, als TJ sich umdrehte und gegen den Türrahmen rannte. Er richtete sich auf und ging mit nur einer Sekunde Pause in der Musik weiter.

Sie und Erik warfen einander einen Blick zu und lächelten, was zu Gelächter wurde, das schließlich in atemloses Keuchen überging, bevor sie fertig waren.

„Er ist ein guter Kerl", sagte Erik und wischte sich die Tränen aus den Augen. „Wirklich."

„Du hast recht." Aber er war ... TJ. Es war irgendwie richtig zu wissen, dass alles beim Alten blieb, so sehr sie sich auch veränderten.

TJ hatte einen ganz eigenen Charme.

Sie stand vom Tisch auf und setzte sich auf Eriks Schoß, Trauzeugen und Brautjungfern waren für einen Moment vergessen. „Es scheint, als hätte ich noch etwa eine Stunde Zeit, um –"

Eriks Augen leuchteten.

Ja, es würde ein großartiger Tag werden. Sie presste ihre Lippen auf seine und begann, eine weitere Runde Erinnerungen zu schaffen.

Auf keinen Fall würden sie das überleben.

TJ warf einen Blick über die Schulter und fragte sich, was genau die Strafe dafür sein würde, dass er die Hochzeit der Betas vermasselt hatte.

Vielleicht wäre Erik zu abgelenkt, um es zu bemerken. Vielleicht würde Maggie entscheiden, dass sie keine Hochzeitstorte brauchten. Vielleicht würde Jared mitten im Saal tot umfallen, kurz bevor Braut und Bräutigam den

Kuchen anschneiden sollten und die Katastrophe entdeckten.

Das konnte sich TJ lebhaft vorstellen, verdammt, er konnte es arrangieren – Jared, der tot aus den Latschen kippte. Das wäre im Moment *absolut* in Ordnung.

„Ich kann nicht glauben, dass du so dumm warst." TJ fluchte lange und heftig und mit zitternden Händen, während er in dem großen Kühlraum der Küche des Rudelhauses auf und ab ging. Derselbe Ort, an dem er aufgehalten worden war, als er und Jared sich mit Mark treffen sollten, um Pam vom Flughafen abzuholen.

Die Regale standen voll mit Stapeln vorbereiteter Tabletts – der Appetit der Wölfe war legendär. Chicken Wings, Burger, Kokosgarnelen und haufenweise Steaks warteten darauf, auf den Grill gelegt und gegrillt zu werden.

Die auf der anderen Seite des Raumes arrangierten Desserts waren ebenso beeindruckend. Alle außer dem einen, das sorgfältig in der hinteren Ecke des Raumes platziert worden war. Das, das selbst für TJ so aussah, als sei es wichtig. Groß, mit weißem Zuckerguss überzogen ... und einem riesigen Stück, das vorn und in der Mitte fehlte. Ein Dreieck mit rauen Kanten und vielleicht ein paar Fingerabdrücken.

TJ blinzelte angestrengt, dann sah er noch einmal nach und hoffte, dass der Schaden, den er ursprünglich gesehen hatte, nicht so schlimm war, wie er dachte. Und das war er nicht.

Er war schlimmer.

Jared lehnte an der Wand und aß ungerührt einen kalten Hamburger. „Wenn ich darauf hinweisen darf – du hast mir gesagt, ich soll ‚einen Happen essen'. Dass es hier Berge von Essen gibt und es wie im Gourmethimmel ist."

TJ rieb sich die Nasenwurzel und verstand plötzlich, warum sein Bruder oft so aussah, als wäre er kurz davor, ein Magengeschwür zu bekommen.

Wölfe waren Nervensägen.

„Es gibt Berge von Essen. Warum zum Teufel musstest du deine Pfote in das eine Ding stecken, das du nicht anfassen solltest?"

„Es war dunkel."

Wieder zuckte Schmerz durch TJ. „*Warum* war es dunkel?"

Jared zeigte auf den Schalter in der Mitte der Wand links von der Tür. „Wurde versehentlich umgelegt."

„Der Tod ist noch zu gut für dich", warnte TJ seinen Freund.

„Das war Cheryls Rücken", gab Jared zu. „Es wurde ein bisschen leidenschaftlicher, und im nächsten Moment war es dunkel, und sie hat geheult und –"

TJ hob eine Hand. „Mich interessieren die Details deiner jüngsten Eroberung nicht, Mann. Musstest du unbedingt im Dunkeln was essen? Du konntest die Tür nicht aufmachen oder so?"

Endlich hatte Jared den Anstand, verlegen dreinzuschauen. „Sie mag es im Dunkeln. Wer bin ich, einer Frau ihren Herzenswunsch zu verweigern?"

„Oder irgendein anderer Teil von ihr?" TJ ignorierte seinen Freund und ging noch einmal, um den Schaden zu untersuchen. „Vielleicht, wenn wir –"

Er drehte den Kuchen zur Seite. Dann die andere Richtung.

Nein. Das Einzige, was ihn besser aussehen lassen würde, war ein Bunsenbrenner oder eine Schaufel.

Schaufel.

TJ betrachtete noch einmal den ausgehöhlten Teil,

dann sah er sich die Leckereien an, die überall herumstanden, und plötzlich kam Hoffnung auf. „Okay, das ist vielleicht nicht der letzte Tag unseres Lebens. Besorg mir einen Löffel oder sowas und bring mir, was ich sage. Und beeil dich, wir haben nicht viel Zeit."

Es war zunächst einmal ein Wunder, dass niemand sie störte. Es war ein Wunder, dass TJ nicht versehentlich im falschen Moment die Hände abrutschten, aber irgendwie schaffte er es, koordiniert genug zu bleiben, um die Aufgabe zu Ende zu bringen und sich vorsichtig zurückzuziehen, wobei er auch Jared in einen sicheren Abstand schob.

Jared schüttelte erstaunt den Kopf. „Unglaublich. Darauf wäre ich nie gekommen."

„Verzweifelte Zeiten, Mann." TJ starrte auf sein Werk.

Er hatte mehr von dem Kuchen heraus gelöffelt und die Ecken ein bisschen abgerundet, um ein tieferes Loch in der Seite zu schaffen. Außerhalb der „Höhle" hatte er ein paar Brownies und einen Stapel Zuckerkeksstücke platziert, beide so aufgetürmt, dass sie wie kleine Wolfsfiguren aussahen – eine dunkelbraune größere und eine weiße kleinere. Zwischen ihnen hatte er ein Feuer aus mit Schokolade überzogenen Brezenstangen gebaut, auf dessen Oberseite rote und gelbe Cupcake-Glasur als Flammen dienten.

Er teilte die restlichen Cupcake-Reste mit Jared, und die beiden aßen schweigend, während sie seine Kreation betrachteten.

„Es ist nicht schlecht", sagte TJ schließlich.

„Gar nicht so schlecht." Jared bot ihm einen Fauststoß an. „Jetzt werde ich die Köchin suchen und sie mit Klebeband irgendwo fesseln, bevor sie die Veränderungen sieht und ausflippt."

Verlockend.

„Du solltest sie bestechen", schlug TJ stattdessen vor. „Jemand würde es wahrscheinlich bemerken, wenn sie vermisst würde."

Jared überlegte. „Sie ist ziemlich heiß. Darum könnte ich mich kümmern."

TJ verdrehte die Augen. „Dreht sich für dich alles um Sex?"

Sein Freund schüttelte einen Moment lang den Kopf, bevor die Bewegung langsamer wurde und dann zu einem Nicken wurde.

Sie grinsten einander an.

„Hey." Jared zuckte mit den Schultern. „Ich bin ein gesunder junger Wolf in der Blüte meines Lebens. Wer bin ich, der Welt diesen erstaunlichen Körper vorzuenthalten?"

TJ tat so, als würde er seinen Finger in die Kehle stecken und würgte. „Also gut, du kümmerst dich um die Köchin. Ich muss mich um Maggies Freundin kümmern."

Jared schnaubte. „Viel Spaß dabei. Den Menschen babysitten. Armer Mann – wann wirst du Sex haben ... nie?"

TJ schob seinen Freund zur Tür hinaus und warf einen letzten Blick auf seine Kreation, um sich zu versichern, dass der Kuchen so ansehnlich aussah, wie er nur konnte. „Nicht alles dreht sich um Sex", murmelte er. „Freundschaft ist auch wichtig."

„Red dir das schön weiter ein. Vielleicht versteht sich Mark mit ihr, und du musst dich nicht die ganze Nacht um sie kümmern."

Was auch immer. Er klopfte seinem Freund auf die Schulter und ging dann durch das Haus in das Zimmer, in dem seine Sachen warteten. Es war Zeit zu duschen und sich fertig zu machen. Das war ein großer Tag für seine Freunde, und egal, was er um die Ohren hatte, er würde dafür sorgen, dass sie sich amüsierten, einschließlich der menschlichen besten Freundin.

Und wer konnte es schon wissen? Vielleicht würde er trotz des Verantwortlichseins und all dem Scheiß auch ein bisschen Spaß haben.

Es war wirklich nicht abzusehen, welche Überraschungen der Tag bringen würde.

~

Diese Serie unbeschwerter paranormaler Geschichten spielt in der Wildnis des Yukon und Alaskas. Die Geschichten folgen den Mitgliedern des Granite-Lake-Wolfsrudels und wie sie als Gestaltwandler mit Leben und Liebe umgehen.

~

Die Granite Lake Wölfe

Wolfszeichen

Wolfsflucht

Wolfsspiele

Wolfsspuren

Wolfskreuzfahrt

Wolfsbiss

Vivian lässt derzeit ihre vielen Serien übersetzen. Bitte besuchen Sie deren Website für alle aktuellen Informationen.

www.vivianarend.com/de

ÜBER DEN AUTOR

Mit über 3 Millionen verkauften Büchern ist Vivian Arend eine *New York Times-* und *USA Today*-Bestsellerautorin von mehr als 70 zeitgenössischen und paranormalen Liebesromanen.

Ihre Bücher lassen sich alle einzeln lesen und haben keine Cliffhanger. Sie sind witzig, aber auch emotional, es gibt heiße Szenen und glückliche Enden. Für Vivian ist das der beste Job der Welt. Sie lebt in British Columbia, Kanada, zusammen mit ihrem langjährigen Mann – der Inspiration für alle Helden und einem bereitwilligem Gefährten auf Abenteuern aller Art.

https://vivianarend.com/de